Aufruhr der Herzen

Ein Adelsroman

Liebe auf den ersten Blick führt zum
ungestümen Aufruhr ihrer Herzen.

Die unglückliche, schicksalhafte, unerfüllte Liebe
der Komtess Katharina-Eleonore, von Borsydoy.

Personenregister

Bewohner im Schloss von Borsydoy

Baron von Borsydoy. Ludwig, Siegfried Karl,
Baronin von Borsydoy, Charlotte, Christine,
Eleonore, geb. Saske-Kallenberg.
Später ernannt zu Graf und Gräfin.

Baronesse von Borsydoy. Katharina-Eleonore,
Tochter von beiden, **Elea,** ihr Kosename.

In Diensten des Baron und Personen im Umfeld der
Baroness Katharina-Eleonore:

Cecilie,   Gouvernante, Anrede nur kurz Cecil
Colette,   Anstandsdame
Gesine,   Zofe, Vertraute der Baronin Charlotte.
Wilhelm, Lehrer der Baroness. Später auf Schloss
Cottlitz.

Schloss und Dorfbewohner auf Schloss Cottlitz:

Cottlitz,   Fürst Leopold II.
Cottlitz,   Otto-Leopold, Erbprinz, Sohn vom Fürst

Cottlitz, Fürst Ludowig, Otto, Casimir.
Sohn der Fürstin Katharina-Eleonore, Elea
Späterer Herrscher auf Schloss Cottlitz

Siegfried, der Junker des Fürsten Paul-Ludowig,

Adele, Hebamme,
Adamus, Medicus, Bader.
Arco, Schmied.
Arnfried, Sohn vom Schmied Arco.
Marnim von, Johanna. Zofe, Vertraute der späteren
Fürstin Katharina-Eleonore, (Elea),

Des Weiteren der Personenkreis des Paul-Friedrich:

Abromeit, Jakob und Elly Abromeit.
Eltern der Geschwister**:**
Amalie, Tochter und Schwester,
August, erster Sohn, Bruder von Paul-Friedrich,
Paul-Friedrich, zweiter Sohn, oft Paul gerufen.
Dann Junker von Erbprinz Otto Leopold.
(Vom Waldmann später Fritz genannt).

Abromeit, Friederich, der Bruder des Rittergutes
von Jakob Abromeit.
Er ist Oheim von Paul-Friedrich und Oberst a.D.
Das „außer Diensten", überhört er gern.
(Paul nennt ihn insgeheim Oberst a. D.).
Sein markantes Gesicht ist eingerahmt vom
Schnurrbart, der aufs Beste gepflegt wird. Er
erscheint, aus gutem Stoff geschneidert, immer im
Janker, bestückt mit blitzenden Medaillen und in
Reithose. Aus dem Militärdienst hat er noch
Verbindungen zum Mitkämpfer und Freund, General
von Finkenheimer, Leiter der Kadettenschule Berlin

Eva Tochter von Herman.
Eva-Marie, Kind von Eva und Fritz (Junker Paul-Friedrich).

Herman, Waldbewohner, entlassener Schafhirt aus den Diensten des Fürsten Leopold II.
Waldemar, Waldmann, ein Findelkind und Waldbewohner.

Baltus, Knecht, Bierbrauer
Emma, Amme
Erna, Magd
Hugo, Sanitäter
Karaz, Feldwebel
Kürten, von, Assessor, Verlobter Amalies.
Margarete, Magd
Rosalia, Dienstmädchen
Schmitz, Sanitätsrat
Zerbst, Carl von, Kadett

Im Schloss der Barone von Borsydoys, sind klappernde Schuhe auf dem Parkett zu vernehmen. Die energischen Schritte verheißen ein zügelloses Temperament.
Die geräuschvollen Schuhe verraten das Kommen von Katharina-Eleonore, von den Eltern kurz Elea genannt.
Ihre Schritte hallen geräuschvoll durch die dunklen, vollständig mit Holz ausgekleideten Säle, deren Täfelung glänzt bis zur Decke, im Schmuck von kostbarem Holz.
Überdeckt nur von den Gemälden der Ahnen.
Die Ausschmückung ist Zeichen des vorhandenen Reichtums der Schlossbesitzer.

Die Handlungen sind von einem hübschen, noch sehr jungen Mädchen, das aus der Galerie in den Saal angestürmt kommt, bestimmt.
Ihre Gouvernante Cecilie erwartet sie bereits an dem breiten Türrahmen zum Salon.
Sie hat das Mädchen im richtigen Augenblick abgepasst.
„Fräulein von Borsydoy, sie werden bereits von ihrem Lehrer erwartet".

Ungehalten von der überraschenden Anrede, antwortet sie schnippisch. „Gouvernante Cecil, ich bin eine Freiin oder Baronesse, Katharina-Eleonore von Borsydoy.
So will ich von meinen Domestiken angesprochen werden. Meine weiteren Vornamen erlasse ich

Euch, sie aufzuführen. Das wird sich ändern, wenn mein Herr Vater Graf wird. Dann geziemt es sich, mich mit Euer Hochwohlgeborene anreden zu dürfen".

Ein Stich geht Cecilie durchs Herz.

„Bis nach der Unterrichtstunde hat die Dienerin meine Wohnstätte wieder herzurichten und der Lakai mein Frühstück warm zu halten. Sorgt Euch darum und um nichts anderes".

Mit erhobenem Haupt geht sie durch die hohen Türflügel zum Unterricht, während Cecilie mit einem Hofknicks sich zurückzieht.

Kummer nagt in der Gouvernante, keiner der Dienstboten wagte es bisher, der Baroness mit Widerworten, zu ihrem abfälligen Benehmen, entgegen zu treten.

Hauslehrer Wilhelm steht schon am Stehpult.

„Es ist Zeit, Fräulein von Borsydoy", mahnt er das Mädchen.

Sie ist ungehalten. „Ihr seid Hauslehrer in meines Vaters Diensten, ein Domestik. Unser", sie betont unser, „Bediensteter und als solcher wünsche ich, dass Ihr in Zukunft die geziemende Anrede, Baroness Katharina-Eleonore von Borsydoy", anführt", belehrt sie ihn.

Und fügt mit Missbilligung hinzu.

„Die Unterrichtsstunde fällt aus! Zieht Euch zurück" und verlässt mit den geräuschvollen Schuhen den Raum.

Und hinterlässt einen zerknirschten, ärgerlichen Lehrer.

Die frühstückenden Eltern schrecken auf, als die Tochter herein gestürmt kommt, dabei dem Lakaien, der die große Türblätter nicht schnell genug geöffnet hat, beiseite schiebt.
„Nanu, meine Tochter, ist Eure Lehrstunde bereits zu Ende?".
„Unerhört, Herr Vater. Was dieser Laffe sich erlaubt hat, dass ich zu spät zum Unterricht gekommen sei. Und diese Anrede, Pfft. Entlasst ihn bitte, ich will ihn nicht mehr sehen!".

Der Baron schmunzelt, seine Gattin seufzt und hebt die Augenlider zur Decke.
„Ich habe auf Euren Wunsch hin, schon drei entlassen. Es gibt nicht mehr viele Lehrer im Land. Kommt, setzt und beruhigt euch" und winkt den Diener herbei.

Nach dem Frühstück wischt sich der Baron den Mund, mit der geklöppelten Spitzenserviette aus Brüssel, ab, lehnt sich zurück in die hohe Lehne des schweren Stuhles und blickt die Freiin ernst an.
„Meine liebe Tochter, wir" und tastet zur Hand der Baronin, „werden ein Fest für Euch veranstalten, zu der wir den Adel, nebst Familien einladen.
Die Jugend sollte sich kennen lernen. Es sind Prinzen von angenehmsten Wesen dabei".
„Herr Vater, was will ich mit den Prinzen. Sie sind alle langweilig, eingebildet und hochnäsig".
Der Baron lächelt, ähnlich wie unsere Baroness.
Die Mutter schaut vielsagend ihren Mann an und nickt ihm unmerklich aufmunternd zu.

Er räuspert sich.

„Nun, die Sache ist beschlossen und Morgen bleibt es bei der Unterrichtsstunde. Es bleibt beim Lehrer Wilhelm. Ich lasse ihn am Mittag kommen und sage ihm, dass er seine Anrede an Euch ordnungsgemäß zu richten hat.

Ihr dürft Euch zurückziehen".

Ruckartig erhebt sich die Baroness, bevor der Diener in Livrée hinter ihr stehend, den Stuhl weg rücken kann.

Mit einem verdrießlichem, unwirschem Blick und einem kaum hörbarem „Ja, Herr Vater, aber was habt Ihr beschlossen?".

„Nun meine Baroness, ihr werdet sehen".

Unwillig klappert sie mit den geräuschvollen Schuhen aus dem Salon.

Die Baronin legt ihre, mit kostbaren Ringen geschmückten, Finger auf des Barons Hand.

„Ludwig, wart Ihr nicht zu streng mit der Tochter? Ob sich jemals ein Gatte für sie finden wird? Für die Erziehung zur Etikette hätten wir sorgfältiger die Förderinnen aussuchen müssen".

„Wir hätten ihr mehr Zuwendung schenken sollen, oder Strenge, meine Liebe" und nimmt den Handrücken der Baronin, küsst ihn sanft und läutet nach dem Mentor.

Wilhelm wird es unbehaglich über den Ruf des Barons.

„Nun, was ist der Grund für die Absage der Baroness?", empfängt Ludwig von Borsydoy den Lehrer.

„Herr Baron, es war nicht das erste Mal, dass die Baroness absagte", macht Wilhelm seinem Herzen Luft.

„Sie bestimmt, was zu lernen ist. Meinen Lehrplan kann ich nicht ausführen, Euer Hochwohlgeboren. Sie kommt und geht, wie die Baroness es will".

Baron Borsydoy runzelt die Stirn.

„Nun denn, wir verfügen, dass ihr Euren Lehrplan streng durchführt. Wir werden dafür bei der Baroness Sorge tragen".

„Bitte übt Euch in Geduld, Herr Wilhelm", ersucht ihn die Baronin und holt tief Luft.

Am Nachmittag hält Eintönigkeit Einzug in die Kammer der Baroness. Aus Langeweile läutet sie ungestüm nach ihrer Zofe, die sogleich erscheint. Ungehalten fährt die Baroness Cecilie an.

„Ich habe oft nach Euch läuten müssen, wo bleibt Ihr Cecil. Mich dürstet, bringt mir eine Erfrischung" und fügt mit strengem Ton hinzu, „sofort".

Cecilie ist bestürzt, sie war doch sofort da!

„Baroness Katharina-Eleonore von Borsydoy, ich kam doch gleich".

„Widersprecht mir nicht. Ich warte".

Mit Verbeugung verlässt sie den Raum, um Limonade zu holen.

Dunkle Gedanken fliehen durch Ceciles Kopf.

Wann nimmt dieses Betragen, ihre Allüren, endlich ein Ende? Wohl erst, wenn ich sie bei Gelegenheit aus dem Fenster stürze!

Das Orakel nimmt diese Gedanken von Cecilie auf, Der Baroness Schicksal wird sich erfüllen.

Die Schlossbewohner gehen Katharina-Eleonore, wo immer sie auftaucht, aus dem Weg.

Als eines Tages ein Knabe, der Wein aus dem Keller für den Mundschenk bringen sollte, ihren Weg kreuzt, schubst sie den Knaben mit der behandschuhten Hand, zur Seite.

„Du Tölpel, geht mir aus den Augen!"

Er stürzt auf das Pflaster. Die Flaschen fallen, mit lautem Klirren brechen sie entzwei.

Mit hoch erhobenem Haupt geht die Baroness weiter, murmelt „dummer Junge".

Weinend sammelt der Junge die Scherben auf.

Einige Leute haben den Vorfall gesehen. Der Stoß geschah ohne Grund.

Zornig auf die Baroness, eilen sie dem Knaben zu Hilfe.

Der Mundschenk hört den Lärm, eilt aus dem Schloss herbei. Er wartet bereits auf den Wein für den Baron und sieht das Malheur.

Packt den Buben am Kragen und gibt ihm eine schallende Ohrfeige. „Du kannst noch nicht einmal Wein holen", schreit er ihn an.

Der Schmied kommt in der Lederschürze an geeilt, er hatte den Vorfall aus der Werkstatt gesehen.

Bevor der Mundschenk den Knaben noch einmal ohrfeigen kann, greift er ihm in die Arme. Seine starken Arme halten den Mundschenk an, schützen den Jungen vor weiteren Schlägen.

„Mundschenk, lasst ab von ihm, er hat keine Schuld" und hält ihn von dem Buben fern.

„Das werde ich dem Baron berichten, Schmied", erzürnt der sich.

Das herbeigeeilte Volk lacht und einer ermuntert den Mundschenk. „Schlag doch den Schmied, wenn du kannst". Das laute Gelächter ruft den Baron ans Fenster.

„Schmied Arco, gebt ihn frei und Kellermeister, Er bringe mir baldigst den Wein. Gebt Ruhe da unten". Die Menge verteilt sich.

Der Baron lässt sich vom Mundschenk über den Vorfall berichten und später auch vom Schmied. Der Baron ergrimmt. Erneut unsere Tochter! die das Spektakel hervorrief. Sie sollte endlich, hoffentlich bald, unter der Haube sein.

Wo ist der Knabe geblieben? fragen sich die Bürger nach Tagen.
Keiner hat ihn seit dem Vorfall mehr gesehen. Sie befürchten, dass er aus Angst vor Bestrafung fort gelaufen ist.
Missstimmung verbreitet sich aus, über die Baroness Katharina-Eleonore. Die Menschen murren, wenn die Baroness auf dem Schlosshof erscheint, gehen ihr nicht mehr aus dem Weg und werfen ihr böse Blicke zu.
Obwohl sie die Abneigung gegen sich bemerkt, lacht sie nur auf und geht stolz ihrer Wege.

Der Schmied, der Arzt und weitere aus dem Volk, beratschlagen, wie der Unfrieden beendet werden kann und beschließen als einhellige Meinung, „wir müssen den Baron um Empfang bitten, den Unmut im Volk zur Rede bringen".

Der Baron will die Unterredung aber erst nach dem Fest herbeiführen.

Die Einladungen zu dem Erscheinen des Adels sind vergeben worden.
In den Adelsständen ist man erfreut darüber.
Denn sie erwarten, eine Zusammenführung einer ihrer Prinzen mit der Baroness. Sie bedeutet eine gute Partie, wusste man doch um den Reichtum des niederen Adels, der von Borsydoys.
Sorgen bereiten der Baronin die Umgangsformen der Baroness und ist sehr bestrebt, dass die Tochter um Zurückhaltung, gegenüber dem Hochadel, erzogen wird. Eine Anstandsdame, Madame Colette, versehen mit besten Reverenzen, hat sie hierzu einbestellt.

Aber bereits nach Tagen der Anleitung durch die Dame, bittet diese um eine Unterredung mit der Baronin.

„Hochwohlgeborene Frau von Borsydoy, ich danke Euch für die Audienz. Darf ich offen mit Eurer Hoheit sprechen?".
„Natürlich, Madame Colette, sagt mir Euer Anliegen".
„Wie aus meinen Empfehlungen hervorgeht, bin ich in Fürstenhäusern als Anstandsdame, um Etiketten zu wahren, bestellt worden.
Meine Zöglinge sind nach erfolgter Einweisung durch mich, mit guten Erfolgen aufgetreten. Daher bitte ich Sie, gnädigste Baronin, mich von weiteren

Diensten für Eure Tochter, Baroness Katharina-Eleonore, zu entbinden".

Die Baronin ist überrascht, behält aber die Contenance.

„Madame Colette, sicherlich ist es nicht leicht, ein junges Mädchen in die Welt des Hochadels einzuführen. Aber ich zeige Verständnis für Eure Aufkündigung.

Nach den Gründen brauche ich Euch nicht zu befragen".

Colette senkt den Kopf und schweigt.

„Wir wünschen Euch für die Zukunft das Beste und werden Euch eine gute Referenz schreiben lassen. Ich danke Euch" und reicht, zur Verwunderung Colettes, die Hand und entlässt sie aus der Unterredung.

Die Baronin läutet nach Ihrer Hofdame.

„Gesine, bemühet Euch die Baroness herbei zu führen. Später werde ich Euch ein Schreiben diktieren".

Mit einem Knicks und „sehr wohl", entfernt sie sich.

Die Baronin lächelt, bei Elea, so nennt sie Ihre Tochter mit Kosenamen, hätte Gesine noch das Hochwohlgeboren hinzufügen müssen.

Aber Gesine ist nun viele Jahre in ihren Diensten und ist mehr eine Vertraute, als eine Hofdame.

Temperamentvoll stürmt Elea in den Salon.

„Ihr habt noch immer diese lauten, scheußlichen Schuhe an. Setzt Euch Katharina-Eleonore.

„Meine liebe Tochter, Euer Herr Vater und ich haben beschlossen, Euch unter die Haube zu bringen, zu verehelichen. Zum behufe haben wir bereits Einladungen an Adelsfamilien versendet, sie werden mit ihren Söhnen anreisen".

„Nun, Frau Mutter", lächelt keck die Tochter, „die werden sich sehr um mich bemühen müssen" und eilt mit Lachen, ohne Abschiedsgruß, aus dem Salon.

Hinterlässt eine resignierte Baronin.

Das Geschehen nimmt seinen Lauf…..

Beginnen wir nun mit dem Aufzeigen der Jugend von Paul-Friedrich.

Wie sein Schicksal zur Baroness hinführt.

In einem Rittergut im Osten des Reiches wurde, einige Zeit vor der Geburt der Baroness, ein zweiter Knabe zur Welt gebracht. Das 3.Kind aus einem Junkernadel.

Die Kindheit und Erziehung ähnelte der von Baroness Katharina-Eleonore.

Auch er wird, weit weg von dem Schloss Borsydoy, einer standesgemäßen Erziehung unterzogen.

In einem Herrenhof in Westpreussen.

Der Besitzer der großen Ländereien ist Gutsherr
    Jakob Abromeit.
Seine Betreibung von Land- und Forstwirtschaft, mit
Tierhaltung, hat ihn zu Reichtum gebracht.
Mägde und Knechte stehen in Diensten und Lohn
und haben ihr Auskommen.

Wenn Jakob, in derben Stiefeln, umlegt mit
Filzgamaschen, über den gepflasterten Hof zu den
Pferdeställen geht, ist er, mit dem stattlichen
Aussehen und ruhiger Ausstrahlung, die
uneingeschränkte Respektsperson und seine Leute
grüßen ihn mit großer Achtung.
Jakob liebt mehr die weltlichen Dinge, Er spricht
mehr der Arbeit, gutem Essen und Trinken, zu.
Elly, die Frau Abromeits ist die gute Seele des
Hofgutes.
Ausgleichend, bereit den Sorgen oder Nöten vom
Gesinde zu zuhören.
Sie ist die Mutter von drei Kindern.
August, ist der älteste Sohn.
Bald darauf wurde die Tochter Amalie geboren.
Amalie und ihre Mutter waren den Musen sehr
zugetan. Musik, Bücher und die Malerei sind ihre
Steckenpferde, während August zum Erbe des
Hofes erzogen wird.
Das letzte Kind, ein Sohn, soll nicht unerwähnt
bleiben.
Der Filius kam als Nachzügler, fünf Jahre später als
Amalie, zur Welt und wurde nach dem Bruder von
Jakob Abromeit, Friederich getauft.

Als Anerkennung der Familie für seine militärischen Dienste. Auf Wunsch der Mutter, wurde ihr Sohn auf den Namen Paul-Friedrich getauft. Sie mochte das Militär nicht.
Folglich Paul-Friedrich ohne das **e**.
Bei jeder sich bietenden Gelegenheit entschwindet er, zum Leidwesen der Eltern, aus den Fängen der Erzieher.
Das Nesthäkchen wird von allen sehr verwöhnt und noch bis zum 5. Lebensjahr von der Amme Emma gesäugt.

Die von der Mutter gegründete Schule wurde für alle Kinder vom Gut eingerichtet und muss auch von Paulchen, so sein Spitzname von den Mitschülern, besucht werden.

Aber nach dem Unterricht toben sich alle auf dem Gut aus. Kein Baum ist ihnen zu hoch zum Klettern, auf Kutschen und Leiterwagen wird geturnt, nichts ist vor ihnen sicher.
Eine sorglose Kindheit geht in Jugendzeit über, bis zu dem Ereignis, dass Paul-Friedrichs Leben ändern wird.

Die Jugend ist überall und nirgends, Unruhe entsteht, wo auch immer sie zu viert, oder mehr, auftauchen.
In der Pubertät schlagen sie auch mal mit den Streichen über die Stränge.
Eine Scheune, auf dem besonders hohen heuboden, ist ihr Lieblingsplatz.

Dort stört sie keiner, wenn die Mädchen die Röcke hoch heben und dabei kichern. Natürlich lassen auch die Buben die Hosen runter.

Der Magd Erna ist das plötzliche Entschwinden der Bande oft aufgefallen, denn danach wurde es immer merkwürdig still auf dem Gut.

Eines Tages tollt die Jugend wieder einmal mit Geschrei an ihr vorbei, verschwindet um die Scheunenecke. Plötzlich bricht das Lärmen ab.
Ernas Neugierde treibt sie zur Suche nach der Ursache. Es treibt sie zur Scheune.
Sie lächelt, als leise Geräusche aus der Scheune zu vernehmen sind.
Dann wird es ist mucksmäuschenstill.

Behutsam, um keinen Laut von sich zu geben, steigt sie auf der Leiter hoch und blinzelt vorsichtig über den Boden der Tenne, erblickt die Sprösslinge des Hofes, halb ausgezogen. Behutsam steigt sie von der Leiter ab, läuft aufgeregt zu ihrer Freundin Margarete.

Sie ringt noch nach Atem, als sie Margarete im Garten, beim Kartoffel stecken antrifft.
„Du, Marga, ich muss dir was erzählen, aber behalte es für dich".
„Was ist denn so Geheimnisvolles? du machst mich neugierig" und unterbricht das Stecken.
Erna berichtet ihr, was sie gesehen hat.
„Naja", wiegelt Margarete ab.

„Du bist doch auch oft mit Baltus vom Heuboden gekommen", belustigt verdreht sie die Augen.
„Du doch auch", Erna ist eingeschnappt.
„Erna lass sie doch und behalte es für dich, du kannst mir beim stecken helfen, dann bekommst du andere Gedanken" und schubst sie zur Seite.
In Erna rumort es noch tagelang.
Sie schlendert oft, wie gleichgültig, an der Scheune vorbei, lauscht hinein. Aber keiner der Jugendlichen lässt sich mehr sehen.

Dann doch, an einem Nachmittag, sieht sie, wie Paul-Friedrich aus dem Pferdestall über den Hof zur Scheune rennt.
Erna eilt zum Scheunentor nach. Dort steht der 16jährige, überlegt, dreht sich zur Seite.
Verdutzt bemerkt er die Magd, mustert sie ungeniert.
Schweigend wandert sein Blick von dem Rocksaum nach oben und verweilt auf dem üppigen Brusttuch.
Geht weiter zum Gesicht, tief in ihre Augen.
Erna bekommt weiche Knie.
Dieser drängende Blick!
„Na, willst du wieder auf den Heuboden, kommen noch die anderen?" unterbricht sie das Schweigen.
Ernas Stimme klingt belegt,
Der 16jährige Paul-Friedrich stutzt.
„Woher weißt du....?".
Erna ergreift energisch seinen Arm, „komm zeige mir auf der Tenne, was ihr gemacht habt".
Wissbegierig lässt er sich führen. Was hat Erna vor? und ist gespannt.

Die Magd steigt vor ihm auf der Leiter hoch, dabei kann er zwischen den prallen Schenkeln ihren leinenen Schlüpfer sehen.
Oben auf dem Boden, reißt die Magd Erna Paul-Friedrich keck ins Heu....

Benommen schlurft er nach zwei Stunden aus der Scheune, während sich Erna noch wohlig im Heu ausstreckt.
„Der Junge hat ein unglaubliches Etwas an sich", murmelt sie zufrieden.

Zu verabredeten Zeiten treffen sich beide oft zum Stelldichein. Immer an verschiedenen, verschwiegenen Orten. Erna weiß immer, wo es möglich ist, ungestört zu sein.
Margarete ist die fröhliche Art der Freundin seit Tagen aufgefallen und fragt sie unvermittelt,
„Du siehst so glücklich aus", ein bisschen Neid klingt in der Stimme. „Bist du verliebt, wer ist der Glückliche?".
„Pst, es ist mein kleines Geheimnis".
Margarete dringt in die Freundin ein. „Ich will doch nur an deinem Glück teilhaben und für eure Hochzeit sorgen".
„Es wird keine Hochzeit geben".
Margarete horcht auf.
„Warum nicht, ist er von Adel?".
„Das nicht, aber, wenn du es für dich behältst…".
„Natürlich, ich bin doch deine beste Freundin".
Erna beugt sich zum Ohr von Margarete und tuschelt, „Paul-Friedrich".

Erschreckt wendet sich Margarete ab, „er ist erst 16!".

„Denkst du. Er ist mehr Mann als mancher Knecht" und seufzt.

Margarete ist erschüttert, „Erna. du bist mannstoll. Lass dich nicht erwischen, sonst verlierst du deine Stellung". Vor sich hin murmelnd geht sie ins Haus.

Amalie und der Assessor laufen am nächsten Tag an Margarete vorbei und grüßen die im Garten Arbeitende.

Sie blickt ihnen nach, beobachtet, wie beide in die Laube gehen.

Sie wartet.

Soll ich, oder nicht? Ach was, Freundin.

Erna hat bei dem letztem Dorftanz, sie eifersüchtig mit ihrem Freund machen wollen und beide hinter der Kutsche beim Knutschen erwischt.

Jetzt ist die Rache süß und sie wartet, bis die zwei wieder aus der Laube heraus treten.

Wie sage ich es Amalie von der Erna?

Händchen haltend, schlendern die Verliebten aus der Laube, küssen sich.

Amalie bemerkt die zusehende Magd.

Langsam flanieren sie am Gartenzaun entlang zu ihr.

Margarete ist verlegen. „Gnädiges Fräulein, ich habe nichts gesehen".

„Das macht doch nichts Margarete. Die Eltern wissen um unsere Zuneigung".

Die Magd wird rot.

„Wenn das Fräulein Amalie sich Zeit nehmen kann, möchte ich Ihr was mitteilen".

„Warum so geheimnisvoll, ist es so wichtig?".

„Ich bitte sie sehr, alleine mit ihnen sprechen zu dürfen".

Amalie nimmt ihren Arm, geht mit ihr einige Schritte weiter.

„Nun, was ist geschehen? Es kann ja nicht so tragisch sein".

„Die Magd Erna, Sie wissen Tennen-Erna, war mit ihrem Bruder Paul-Friedrich auf dem Heuboden", sie atmet auf, endlich ist es heraus.

„Wie kommst du dazu solches zu behaupten, Margarete".

Amalie ist empört. „Das ist ungeheuerlich".

„Erna hat es mir erzählt und damit geprahlt".

„Hat sie das weiter erzählt?".

„Ich glaube nicht. Sie hat die heimlichen Verabredungen der Jugend dort belauscht. Die hätten sich dort oben immer getroffen und sich ausgezogen. Dann ist es mit den beiden geschehen, sie ist mit dem Bruder auf die Tenne geklettert".

Amalie denkt kurz nach, kühl antwortet sie.

„Ich möchte kein Geschwätz. Gebt mir die Hand, dass ihr es für euch behaltet. Ansonsten müssen wir, um den Ruf zu wahren, euch beide entlassen. Ihr wisst was das bedeutet. Eine neue Anstellung zu finden ist schwer. Mit der Magd Erna werde ich mich besprechen.

Geht nun wieder zur Arbeit" und löst ihre Hand.

Am Abend redet Amalie mit der Mutter über den Vorfall. Die kann kaum an sich halten, flüstert kopfschüttelnd immer wieder, „mein Paulchen".

Amalie tröstet sie.

„Amalie, es muss etwas geschehen und werde sofort mit Vater sprechen, es muss mit Paul-Friedrich etwas geben. Immer erregt er Aufsehen. Das Gesinde lacht über ihn, und die Leistungen in der Schule sind nicht gut. Wir waren immer zu nachsichtig mit ihm. Ich gebe dir Nachricht, was Vater denkt".

Wilhelm sitzt im Ohrensessel und liest Pfeife rauchend eine Gazette.

Elly tritt an den Sessel. „Wilhelm, ich habe mit dir zu sprechen".

Wilhelm horcht auf. Ihre Stimme zittert, legt die Zeitung beiseite. Wenn Elly ihn immer so förmlich anredete, war was geschehen.

Sie berichtet bekümmert von dem Bericht Amalies über den Bruder.

Der Vater ist nicht überrascht.

„Sein Verhalten ist mir schon aufgefallen. Wie er manchmal den Mädchen nachgeschaut hat. Der Junge ist frühreif und braucht nun eine harte Erziehung, sonst kommt er noch auf dumme Gedanken. Ja, mir fällt sein Oheim Friederich ein. Er weiß Rat.

Nun mein Entschluss, ich schreibe ein Billett und schicke Baltus in der Frühe mit der Chaise zu ihm. Wenn er ankommt, bestelle Paul-Friedrich ein".

Er erhebt sich aus dem Sessel.

„Jetzt genehmige ich mir darauf einen Cognac, es wird wieder gut werden", umarmt seine Frau.

Sie schüttelt den Kopf, „ich kann es noch nicht fassen, mein Paulchen".

„Nun, alles nicht so schlimm, wir müssen alle mal erwachsen werden".

„Aber er ist ja noch so jung".

Beide besprechen sich bis spät in die Nacht.

Am Vormittag fährt Baltus, um den Onkel zu holen, mit der Chaise los. Paul-Friedrich läuft ihm über den Weg.

„Paul willst du mitfahren"?

Als Baltus Onkels Namen erwähnt, geht er doch lieber zur Schule.

Am Nachmittag ist Baltus mit dem Bruder vom Vater, Oberst Friederich, zurück.

Paulchen hört das Peitschenknallen ihrer Ankunft und versteckt sich im Stall. Wenn der Oheim ihn erblickt, muss er ihm, unter Gehorsam und mit Diener, zur Begrüßung entgegen treten und einen Guten Tag wünschen. Darauf folgte stets die unausweichliche Frage, „wie steht es mit der Schule?". Da möchte er lieber keine Antwort geben.

Trotzdem erreicht ihn bald der Ruf von Baltus.

„Paul, du sollst stande pede ins Haus kommen".

„Das habe ich kommen sehen Baltus, weißt du warum?".

„Nee, aber ich habe deinem Oheim eine Nachricht von deinem Vater übergeben müssen. Er hat ihn auf der Fahrt gelesen. Seine Miene sah nicht gut dabei aus".

Als Mutter ihn an der breiten Treppe vorm Haus in Empfang nimmt und ihn mit Paul-Friedrich und nicht mit Paulchen anredet, ahnt der Schlimmes.

Mutter geht voran in den Salon.

Vater steht mit der Reitgerte und mit verschränkten Armen am Tisch.

Neben ihm, groß, stattlich und mächtig, in seinem Janker, den Reithosen und in Schaftstiefeln, der Onkel Friederich.

Auf dem Janker blitzten die Orden, das Gesicht wirkt, trotz des sehr gepflegten Schnurrbarts, heute finster.

Mutter und die Schwester stehen auf der anderen Seite mit kummervollen Gesichtern. Amalie hält ihre Schürze am Mund.

Paul-Friedrich steht betröpfelt da, wenn der Onkel so erhaben da steht, ist etwas geschehen. Er wagt den Onkel nicht zu begrüßen.

Schweigen im Raum.

Der Oheim „Oberst a.D." räuspert sich.

„Paul-Friedrich", er hebt den Ton in der Stimme an und beginnt die Ansprache.

„Es sind mir Dinge zu Ohren gekommen, die für unsere Familienwürde erniedrigend sind.

Daher haben dein Vater und ich beschlossen, dich zur Leibesertüchtigung und zur Erziehung, in der Kadettenschule anzumelden. Du wirst später als Junker, wie die meisten vom Landadel, der Aristokratie dienen" und hüstelt bedeutsam.

„Meine vorzüglichen Verbindungen zum General von Finkenheimer, ein alter Haudegen" und blickt in die Runde, zwirbelt, Achtung heischend, an dem Schnurrbart, „haben es ermöglicht, das du, Paul-Friedrich, am 1. des beginnenden Monats, in Berlin einrücken darfst".

Die letzten Worte richtet er an ihn salbungsvoll.
Paul-Friedrich ist fassungslos, sieht seine Felle
davon schwimmen. Keine Freunde, kein Heuboden,
keine Freiheit mehr. Die Kadettenschule,
ausgerechnet!
Schleichend geistert dieses harte Wort in der
ländlichen Jugend umher. Hatte einer was
ausgefressen, kam er zum Militär und erzählte
dann, beim Heimaturlaub, Schauergeschichten über
den Drill und rauen Ton in der Kadettenschule.

Diese schweren Gedanken fallen ihm gleich ins
Gemüt.
Die Familie steht schweigend im Salon.
Die Mutter hält an der Tischenden die Schwester
fest, wischt sich über die Augen, Amalie schluchzt
in die Schürze.
An der anderen Kopfseite zwirbelt, hoch zufrieden,
Onkel Friederich weiter am Schnurrbart. Mit
ernstem Gesicht schaut der Vater ihn an.
Aufmunternd, hebt der Onkel den Kopf und klopft
sich leicht an die Brust, dass die Medaillen
klimpern.
„Wir werden, nach deinem Fähnrichsexamen, einen
richtigen Haudegen in der Familie haben. Meine
Verbindungen" und Friederich zwirbelt am Bart,
„werden dich später bei dem Fürsten Otto Leopold
II. unterbringen. Erst als Junker bei seinem Sohn
Otto-Leopold. Später wirst du als stattlicher Offizier
dem Wohle unseres Volkes und der Aristokratie
dienen. Nun denn, Bruder Wilhelm, nachdem alles
bestens geregelt ist, könnten wir einen Schnaps auf
unseren Kadetten Paul-Friedrich trinken".

Paul-Friedrich ist erschüttert.
Er soll die alte Tradition im Militär fortführen. Dabei fühlt er sich doch gänzlich ungeeignet dazu.
Das Leben auf dem Hof als Gutsherr wäre doch passender für ihn.
Amalie schenkt den Männern Hochprozentiges ein, für sich und die Mutter einen Eierlikör.
Der Oheim prostet selbstgenügsam den Damen und Wilhelm zu, während Paul-Friedrich mit gesenktem Kopf an seinem Schicksal hadert.
„Onkel Oberst a. D." hat ihm das eingebrockt.

Beim Abschied vom Oheim Friederich, nach dem Abendessen steht die Familie im Hof. Dieser winkt Paul-Friedrich zu sich an die Chaise.
„Eines Tages wirst du mein Nachfolger werden, als Offizier meine Güter übernehmen und nebenbei werde ich eine standesgemäße Heirat herbeiführen. Befleißige dich daher und denke immer daran, wir sind dem Adel verpflichtet".
Paul-Friedrich bedankt sich artig und macht den obligatorischen Diener, während der Oheim hoheitsvoll Baltus Zeichen zur Abfahrt gibt. Der lässt die Peitsche knallen, und mit Ruck fährt die Chaise an.
Paulchen dreht sich schnell um, weil er lachen muss, wie der Onkel erschreckt nach hinten in den Sitz zurückfällt.

Amalie fasst Vater beim hineingehen an den Arm.
„Herr Vater, ich habe mit euch etwas zu besprechen".
Der streichelt ihr über den Arm.

„Mutter und ich wissen warum. Du bist dir sicher?".
„Ja, er wird bald um meine Hand anhalten. Ihr wisst, er ist redlich".
„Wenn der Herr Assessor den Antrag stellt, so soll er, vor meiner Einwilligung, einen Monat mit dem Gesinde arbeiten. Und wenn er dich dann noch will, so werden wir euch unseren Segen zur Vermählung geben".

Tage später begleitet Baltus Paul-Friedrich in der Postkutsche nach Potsdam, zur Kadettenschule.
Nasskalt bläst der Ostwind gegen die Kutsche.
Bei Fürstenwalde ist eine Übernachtung eingeplant.
Der Schlafraum ist unbeheizt, Paul-Friedrich friert erbärmlich, er ist nur warme Zimmer gewöhnt.
„Jungchen, du klapperst ja mit den Zähnen", Baltus ist besorgt, fürsorglich legt er seinen Mantel noch über die Decke von dem Schützling.
„Ich muss dich doch jesund beis Militär abliefern. Es wird alles jut und nich so heiss jegessen, wie es jekocht wird. Der Oheim wird schon dafür sorjen. Jute Nacht, Paulchen".

Von der Haltestation der Kutsche in dem Städtchen, laufen beide im strömenden Regen zum Tor der Kaserne.
Zwei Soldaten stehen in der Schildwache.
Baltus tritt an eine heran, er will passieren.
„Hier kommt keiner rein ohne Befugnis, schon gar nicht ein Ziviler", die Wache tritt vor sie und stellt das Gewehr quer.
Baltus öffnet den Rock, holt den Brief hervor, öffnet den und reicht ihn der Wache.

Mittlerweile sind beide durchnässt, was der Wache unter dem Schilddach einerlei ist.

Knapp erteilt er Antwort.

„Wartet hier", geht ins Tor und winkt in den Hof.

Kurz darauf rennt ein Junge im Drillichanzug aus dem Gebäude zu ihnen, vor die Wache.

„Herr Fähnrich, Kadett von Zerbst meldet sich zur Stelle" und schlägt die Hacken zusammen, dass es in der Pfütze nur so spritzt.

„Kadett, den Neuankömmling bringe Er zur Anmeldung".

„Zu Befehl, Herr Fähnrich", und will mit Paul-Friedrich zum Gebäude gehen. Baltus will sich anschließen.

Wiederum versperrt die Wache Baltus mit verschränktem Gewehr den Eintritt zum Gelände.

„Halt, nur fürs Militär".

„Wiedersehen Paulchen", ruft er den beiden nach.

Paul-Friedrich ist soeben in den Militärdienst eingetreten... worden.

Neugierig schaut er den Drillichanzug von der Seite an.

„Wer bist du, wo kommst du her?".

„Ich bin im Dienst und darf nicht mit dir reden. Dort müssen wir zur Anmeldung".

Im Gebäude gehen beide lange Flure ab, bis der Kadett endlich vor einer massiven Tür stehen bleibt und anklopft.

„Herein", donnert es von drinnen.

Behutsam öffnet der Kadett die Tür und macht Meldung.

Hinter dem Schreibtisch stellt sich ein Mann auf.

Der hat Lametta an der Uniformjacke wie mein Onkel a. D.
Er überfliegt das überreichte Schreiben, baut sich vor Paul-Friedrich bis auf Nasenlänge auf. Schaut ihn vorwurfsvoll an.
„So, so, wieder ein Knabe aus gutem Hause. Noch ein Krautjunker. Hast wohl was ausgefressen?".
„Nein" gibt er knapp zur Antwort.

„Ab heute heißt das jawohl Herr Feldwebel Karaz".
Paul-Friedrich weicht vor der Lautstärke der Worte erschrocken einen Schritt zurück, auch riecht Karaz aus dem Mund nach Schnaps.
„Wir machen aus dir einen richtigen Vaterlandsverteidiger. Darauf kannst du dich verlassen. Kadett, er kommt in Saal B1, abtreten".

Nach der Abmeldung durch den Kadetten, geht er mit ihm wieder durch die langen, hohen Gänge in ein Nebengebäude. Unerwartet zieht ihn der Kadett schnell hinter eine Säule.
„Hier sieht uns keiner. Der Feldwebel ist ein ganz scharfer Hund, nimm dich in Acht. Selbst Fähnriche gehen ihm aus dem Weg. Ich bin Carl von Zerbst. Die Kameraden nennen mich Carli und wer bist du?".
„Paul-Friedrich Abromeit, meine Kumpel rufen mich Paul".
„Ist auch kürzer, bist aber kein „von". Was hast du ausgefressen, oder bist du freiwillig hier?".
Er schubst Paul leicht in den Gang und zischt, „da kommt ein Fähnrich".

Der Schlafsaal ist spartanisch eingerichtet. Zehn Betten stehen in zwei Reihen.

Carl hilft ihm, seine Sachen im Spind einzuräumen.

„Danke Carli, du legst alles so sorgfältig hin".

Carl von Zerbst streicht noch mal die Wäsche glatt.

„Die Spindkontrolle kommt ohne Anmeldung. Ist der Spind unordentlich, musst du zum Rapport. Die Fähnriche sind meistens gnädig, übersehen manches, aber der Karaz findet immer was, dann hast du nichts zu lachen. Besonderes Augenmerk legt er auf die Betten.

Achte drauf, dass das Laken immer straff gezogen ist".

Ein Fähnrich tritt durch die Tür.

Sofort erfolgt die Meldung von Carli.

„Hier ist ein Neuer eingerückt".

„Kadett Carl, verbringe Er ihn sogleich zum Sanitätsrat Dr. Schmitz".

Bevor Carl Meldung machen kann, ist der Fähnrich fort.

„Carli, jeder spricht hier so verdreht".

„Die sind alle von Adel, da redet man so fein" und schubst Paul in den Flur.

Wieder durchlaufen sie die langen Korridore.

„Im nächsten Flur ist der Jecke. Der beliebteste Offizier in der Kaserne, schreibt auch mal dienstunfähig".

„Wieso heißt er Jecke?".

„Das ist ein Kölner, passt überhaupt nicht zu uns, den Preußen. Das Militär hat wohl keinen anderen Arzt gefunden".

An einer zweiflügeligen Tür klopft Carli an.

Die wird von einer hageren, bebrillten Gestalt im weißen Kittel, geöffnet. Mürrisch seine Miene.
Carli meldet sie an.
„Bring dat Jungchen mal näher heran", tönt eine tiefe Stimme vom Fenster.
„Na, wat haben wir denn da. Haste wat ausjefressen?".
Eine stattliche Person, auch mit weißem Kittel, der sich straff über den mächtigen Bauch spannt, kommt hinter dem Schreibtisch hervor und stellt sich vor Paul. Seine Augen blinzeln freundlich durch die Zwickelgläser.
„Hucho, zeich dat Jungchen de Umkleide".
Der Sanitäter bringt ihn hinter einen Paravent.
„Ausziehen, alles", seine Stimme duldet keine Frage.
„Alles?".
„Alles!".

Nackt tritt Paul-Friedrich vor den Stabsarzt.
Der mustert seine Statur. Von oben nach unten. Der Blick bleibt an den Schenkeln hängen.
„Mien Jung, ein strammet Jewächs, de Mächens werden bejlückt sin".
Dann untersucht er ihn, Zähne, Zunge, Augen.
Rücken, Füße, tastet den Bauch ab und lässt ihn noch bücken.
„Allet jut, kannste hier bleiben. Haste allet notiert, Hucho?".

Es ist kalt in dem Raum, hastig kleidet Paul sich an.
Schnell will er fort, doch der medizinische Gehilfe versperrt die Tür.

„Meldung machen", zischt er.
„Lass det Hucho, dat muss Jungchen noch lernen"
und zündet sich eine Zigarre an.

Auf dem Flur wartet Carli.
„Alles bestens, ich darf bleiben", Paul lächelt
gequält.

In der Frühe läutet die Glocke mit hellem Widerhall
durch die Gänge. Paul schreckt auf, es ist noch
mitten in der Nacht.
Da wird die Tür zum Schlafsaal aufgerissen.
„Morgen, aufstehen, Appell in 5 Minuten".
Paul räkelt sich im warmen Bett, ist noch
verschlafen, da zupft Carli an der Bettdecke. Er
steckt schon im Drillich.
„Los schnell, der Karaz ist heute dran".

Als Letzter eilt Paul-Friedrich in die angetretene
Reihe.

Schlendernd mustert, betont langsam, Feldwebel
Karaz an den Angetretenen vorbei.
Bleibt vor Paul stehen, fixiert ihn.
„Heute noch Letzter beim Rapport, nach dem
Frühsport ist Spindkontrolle, Kadett Abromeit".
Karaz Schnapsfahne raubt Paul den Atem,
glücklicherweise geht er weiter, sucht noch Opfer.

Schnell eilen die Jahre dahin.

Die Zeit In der Kadettenschule ist streng, dort
erlebt Paul-Friedrich die harte Schule des Militärs.

Der unbedingte Gehorsam und der sportliche Drill, mit Unterweisungen und Unterricht, fällt Paul oft schwer.
Diese Unbilligkeiten werden durch Kameradschaft untereinander, ausgeglichen.
Nach dem Abitur wird er zum Fähnrichexamen zugelassen und besteht es, zum Leidwesen von Karaz.
Der Fähnrich Paul-Friedrich Abromeit wird zum Übungsleiter im Säbelfechten und dem Exerzieren für die neuen Kadetten ernannt.

Oheim Oberst a.D. Friederich war von der Nachricht zur Ernennung hoch erfreut. Stolz erwähnte er seinen Verdienst daran bei den Abromeits.
Er zwirbelte so heftig dabei am Bart, dass der senkrecht in die Höhe stieg.

Die Briefe der Mutter und Schwester halten die Verbindung zum fernen Elternhaus aufrecht, berichten vom Leben auf dem Hof.
Tennen-Erna hat einen Mann gefunden. Auch traurige Nachrichten vermelden sie. Baltus sind auf einer Kutschfahrt die Pferde durchgegangen und sie stürzte in den Graben, begruben Baltus unter sich.
Ihm war nicht mehr zu helfen.

Nur wenige Monate später erfolgt schon der Ruf des Fürsten Leopold II. an seinen Hof.
Seine Anmeldung zum Heimaturlaub wird abschlägig beschieden, da er bei Fürst Cottlitz umgehend in Erscheinung zu treten hat.

Paul-Friedrich wird aus seinem Dienste vom Militär dorthin überstellt und als Junker dem Sohn, Erbprinz Otto-Leopold, zugeteilt.
Einen Tag vor der Anreise zu Fürst Cottlitz, erhält er einen letzten Brief der Mutter, der von schlechten Nachrichten berichtet.

Der Assessor von Kürten hat die Verlobung mit der Schwester Amalie aufgelöst und eine Adelige geheiratet. Amalie ist in tiefe Trübseligkeit gefallen.
Der Oheim Friederich hat im Alter noch ein spätes Fräulein vor einem halben Jahr geheiratet, auch von Adel.
Er ist aber vor einem Monat an Schlagfluß verstorben. Seine Frau hat ihn beerbt.
Dein Bruder hat den Hof übernommen, da Vater ihn nicht mehr führen kann. Er ist krank geworden. Nun musst du schauen, alleine in der Welt zurecht zu kommen. Wir hoffen und beten für dich.
In Liebe, deine Familie.
Paul liest den Brief ein zweites Mal, er kann es nicht glauben, enterbt und was noch schmerzlicher ist, für lange Zeit die Eltern und Geschwister nicht mehr zu sehen.

Carl von Zerbst sattelt sein Pferd, tröstet ihn.
„Jeder hat sein Schicksal, es könnte uns beide auch irgendwann wieder zusammen führen".
Ihre Wege trennen sich, denn auch er muss auf das elterliche Gut zurück und soll bald heiraten. So bestimmte es sein Vater.

Weid nördlich von Berlin liegt das Fürstentum der Cottlitz, In Ostpreußen. Der Landweg führt durch dichte Wälder und weite Fluren. Paul ist zuversichtlich. Möglich ist dort seine neue Heimat.

Beim Eintreffen des nun Junker Paul-Friedrich, empfängt ihn der Erbprinz und lässt ihn in seiner Anrede spüren, dass er auf den Standesunterschied Wert legt. Paul-Friedrich ist ja nur ein Krautjunker von niederem Stand.
„Ihr seid ab sofort in meinen Diensten Junker und werdet mich stets begleiten, habt stets in Rufbereitschaft zu sein".
Das waren seine Begrüßungsworte.
Die Anrede lautet ohne Namen, fortwährend nur Junker, ohne Ausnahme.

Aus der Kaserne, in eine andere Abhängigkeit.
Lieber Onkel a.D. wohin hast du mich gebracht.
Paul-Friedrich ist bedient!

Mit dem Erbprinzen bereist er Herrenhäuser, wohin Otto-Leopold eingeladen ist, zwecks Bekanntmachung mit den Haustöchtern. Gilt er doch vom Hochadel und ist als Heiratskandidat, von den Familien und Töchtern, sehr begehrt.

Junker Paul-Friedrich bekam dann einige Tage später die undankbare Aufgabe, nach den Besuchen des Erbprinzen, den Familien diskret ein Billett zu überbringen. Mit der allezeit gleichen Antwort:

„Wir von Cottlitz sind untröstlich, eine weitere Zusammenkunft mit Eurer Jungfer einzuleiten, da der Erbprinz, seine Hoheit Otto-Leopold, zu militärischen Diensten einberufen wurde und den Vaterlandsdienst nicht verweigern darf.
Aber danach bestünde die Möglichkeit, erneut auf Eure Komtess zurückzugreifen.
Gez. Seine Hoheit Fürst Leopold II. Cottlitz.

Der Dienst war zeitlich vage aufgeführt, also unverbindlich. Die Briefchen hatte der Erbprinz, im Namen des Fürsten, dem Junker diktiert.
„Zurückzugreifen", dieses Wort.
Paul-Friedrich ist entsetzt über die Hochmütigkeit und Niedertracht in der Wortwahl gegenüber den Jungfern.
„Zurückzugreifen", in dieser Sekunde, beim überreichen des ersten Billetts, erkennt der Junker den wahren Charakter von Otto-Leopold.
Paul-Friedrich konnte die heiratswilligen, in Tränen und Enttäuschung aufgelösten Töchter, kaum beruhigen.
Erinnerungen an die Untugenden seiner Jugend werden wach.

„Junker, macht Uns reisefertig, wir haben eine neue Einladung, zu den Borsydoys, ein niederer Baronadel. Bekanntermaßen eine begüterte Familie, auch wenn das Töchterlein exzentrisch sein soll, aber das werde ich bei Bedarf zu ändern wissen" und lächelt selbstzufrieden in sich hinein.
Wieder ein Briefchen, denkt Paul-Friedrich, wenn die Borsydos wüssten!

Beide reisen am nächsten Morgen, mit der
Entourage, zum Schloss der von Borsydoys ab.

……das Fest naht.

Das Schloss wird aufs Feinste geschmückt, Farben
übertüncht und das Tafelsilber aufpoliert.
Die Launen der Komtess Katharina-Eleonore
werden unerträglicher, je näher das Fest kommt.
Wie oft war sie mit den Eltern auf ähnlichen
Gesellschaften, wie langweilig Ihre Altersgenossen.
Dumpf und von sich eingenommen.
Und jetzt hier, mich zur Schau stellen, wie auf einen
Heiratsmarkt.
Sie will ihr Leben bestimmen, wie sie es will!

Jeder der Bediensteten, geht der Komtess aus dem
Weg, Cecilie, der Gouvernante, ist es nicht möglich
und sie muss ihre Launen ertragen.

Der Zeitpunkt zum Auftritt des Hochadels ist
gekommen.
Prächtige Kutschen fahren in den mit Girlanden
geschmückten Schlosshof.
Die Baronin und ihr Mann stehen zum Empfang der
Gäste bereit. Die Baroness bleibt gelangweilt
abseits, den Kopf zum Himmel erhoben.
Die Begrüßung erfolgt mit dem üblichen
herrschaftlichen Entzücken und man drückt Freude
für die Einladung aus.
Obwohl jeder der Eingeladenen weiß, warum.

Die Baroness soll unter die Haube und sie ist eine gute Partie!

Aus der letzten Kutsche steigt ein hoch gewachsener, elegant gekleideter, junger Mann mit Hut, der mit langer Feder geschmückt ist.
Gewandt und leichtfüßig eilt er zu den Gastgebern und begrüßt, mit formvollendeter Förmlichkeit, die Baronin mit Handkuss, verbeugt sich leicht vor dem Baron, nennt seinen Namen:
„Erbprinz Otto-Leopold, Sohn des erlauchten Fürst Cottlitz.
Wir danken Euch für die Einladung, es wird ein schönes Fest werden. Seine Hoheit Fürst Cottlitz lässt Euch grüßen. Er ist wegen dringender Geschäfte verhindert".
Während ihm noch schmeichelnde Komplimente für die Baronin aus dem Mund fließen, sind seine Gedanken andere.
Er hat mich wieder auf eine langweilige Brautschau geschickt und geht lieber auf die Jagd, überlässt die Einladung mir.
Aber sein couragiertes Auftreten und auch die Garderobe, erregen Aufsehen bei den anderen Gästen und dem Volk. Frauen tuscheln, mit vor dem Mund gehaltenen Händen, über den Schönling.

Die Komtess, die abgewendet steht, gibt sich gelassen, beachtet kaum die anrollenden Kutschen.
Der Erbprinz erblickt die Komtess, entschuldigt sich bei den Borsydoys, geht aufreizend langsam zu ihr hinüber.

Katharina-Eleonore wendet sich erhaben zu den Ankommenden und hebt hochnäsig den Kopf zu dem Erbprinzen, will ihm gnädig den Handrücken zum Handkuss reichen.

Da, wie aus dem Nichts gesellt sich ein schlicht gekleideter, junger Mann, zwischen die beiden. Eine Schrittlänge vor Otto-Leopold verbeugt er sich vor der Komtess, gleichzeitig nimmt er die Kappe vom Kopf und kommt der Vorstellung des Erbprinzen nach.
Ergreift, mit angemessener Zurückhaltung, ihre Fingerspitzen.
„Gnädige Demoiselle, darf ich Euch, Komtess von Borsydoy, seine Hoheit, den fürstlichen Erbprinzen Otto-Leopold Cottlitz vorstellen?".

Bevor die Komtess zickig und herablassend antworten will, spürt sie durch den Handschuh seinen warmen, einfühlsamen, sanften Druck der Finger.
Ein Sonnenstrahl leuchtet unerwartet über die hochmütige Miene, als sich ihre Augen treffen. Sein Lächeln verzaubert ihren Gesichtsausdruck augenblicklich. Das ausdrucksvolle, markante Gesicht des jungen Mannes, darin eingebettet ein schönes, freundliches Lächeln. Ihr Leib erbebt, der Atem geht heftiger.

Der Junker führt die Komtess dem Erbprinzen zu und löst die Finger von ihrer Hand.
Ihr wird leicht schwindlig, fühlt, noch nach der Wegnahme, eine Anziehung seiner Finger.

Eine Welle der Lebendigkeit durchströmt sie, und eine beginnende Röte überzieht das Gesicht der Komtess.

Der Erbprinz bemerkt das Erglühen, schließt aus dem, dass die Bekanntschaft mit ihm, dem Hochadel, sie erröten lässt. Geschmeichelt verbeugt er sich vor ihr. Küsst ihren Handrücken. „Ich bin Erbprinz Otto-Leopold.

Mein Junker Paul-Friedrich stellte mich vor, verehrte Komtess. Ich bin erfreut, Ihre Bekanntschaft zu machen und aufs angenehmste überrascht von ihrer anmutigen Gestalt" und schaut ungeniert über die wohlgeformte Figur.

Der Junker ist überrascht. Zum ersten Mal hat der Erbprinz seinen Namen angeführt.

Die Komtess nickt selbstvergessen Otto-Leopold zu, sie ist verzaubert, getroffen von Amors Pfeil mitten ins Herz. Paul-Friedrich, sein Name flieht durch ihren Kopf.

Endlich fasst sie sich. Stotternd kommt es über ihre wohlgeformten Lippen.

„Sehr erfreut, Euer Gnaden. Baronin Eleinore-Katherin", verhaspelt sie sich. „Ich bin erfreut über Euren hohen Besuch", antwortet sie verlegen.

„Nun ja, Verehrteste. Baronin sind Sie noch nicht, aber Ihr werdet bestimmt in den Hochadel einheiraten".

Sein Lächeln ist hintergründig, mit Doppelsinn versehen. Endlich eine gut ausgestattete Person. Dieses kleine Komtesschen werde ich noch zurechtstutzen. Die Jungfern waren bisher mir

immer entgegen kommend. Sie ist gefällig und Ihre
Familie ist begütert. Warum nicht. Warten wir ab.
Nach einem weiteren flüchtigen Handkuss des
hohen Gastes, schließen sich er und der Junker,
der in das Schloss wandelnden Gesellschaft an.

Die Komtess steht angewurzelt auf dem Hof, ist wie
verwandelt.
Verträumt nimmt sie die Augen Paul-Friedrichs
wahr, verspürt noch den festen und doch feinen
Fingerdruck. Ihre Augenlider legen sich schleierhaft
auf die Gestalt des fort gehenden Junker.

Es ist um sie geschehen.

Beim Empfang der Gäste im blauen Salon, ernennt
der Erbprinz Otto-Leopold, im Auftrage seines
Vaters, Fürst Leopold II, Cottlitz, die Barone zu
Grafen und Gräfin, mithin wird die Komtess zur
Comtess oder Erbgräfin.
In seiner Ansprache lädt er die nun Gräfliche
Familie zum Gegenbesuch ein und erwähnt
ausdrücklich, dass er sich die Erbgräfin Katharina-
Eleonore im Gefolge wünscht.

Nach dem üppigen Mahl begibt man sich in den
reichlich, mit Blumen, Girlanden und Statuen,
ausgeschmückten Festsaal, während die Musiker
schon zum Tanz aufspielen.
Der Erbprinz, in seinem weißen, eleganten Anzug,
mit großer, goldener Halskette, steht im Mittelpunkt
der Gesellschaft.

Auch die Comtesse ist in ihrem Ballkleid eine
Augenweide. Ihre Blicke wandern im Festsaal
umher, als wenn sie etwas sucht.
Sogleich, ohne Umstände, nimmt der Erbprinz die
Hand der Comtesse und fordert sie zum Tanz auf.
Kein anderer Prinz wagt es nun mehr, sie zum Tanz
aufzufordern. Otto-Leopold ist bekannt für seinen
aufbrausenden Charakter.
Katharina-Eleonore verspürt sein Verlangen sie zu
umgarnen, lässt es über sich ergehen.
Während der Tänze, sieht sie oft zur Treppe.
Dort an der Wand zum Aufstieg ist das Gemälde
von ihrem viel geliebten Großvater. Sie sucht eine
Ablenkung von den Tänzen mit dem Erbprinz.
Plötzlich, nach einer Drehung im Tanz, steht der
Junker unterm Bild des Großvaters. Wie gerne hätte
sie mit **ihm** getanzt.
Paul-Friedrich wird aufmerksam auf ihre Blicke.
Das feine Lächeln, das sie ihm zuwirft, bei jeder
Drehung im Tanz.
Ihre Augen heften sich sehnsuchtsvoll auf ihn!
Blicke wechseln im Augenschein.
Eine beginnende Vertraulichkeit, ja ein Empfinden
der **Verliebtheit** fließt in das Gemüt Paul-Friedrichs.
Sein Herz klopft. Bei jeder ihrer Drehung steigert
sich der wilde Rausch der Gefühle zueinander.
Erhöht das ihn umfangende Feuer der Liebe.

Diese Sekunden bestimmen das gemeinsame
Schicksal.

Er ist unsicher, sie eine Erbgräfin und er nur der
Junker. Außerdem, der Erbprinz zeigt Gefallen an

ihr. Wie bei mancher Jungfer in der Vergangenheit, vermerkt, mit verdrießlicher Miene, Paul-Friedrich.

Otto-Leopold entgehen ihre Blicke nicht.
„Ihr schaut oft auf das Gemälde an dem Aufgang, wer ist das, verehrte Comtesse?".
„Es ist mir mein liebgewordener Großvater. Wenn in mir Freude liegt, schaue ich es oft an" und wirft überglücklich den Kopf in den Nacken.
Der Erbprinz bemerkt den Grund nicht, warum sie so fröhlich ist. Er bezieht ihr Glücklichsein auf sich.
Es geht schneller, als ich dachte, schmunzelt er bei sich, als er Katharina-Eleonore zu Tisch geleitet.

Am Morgen empfangen die Eltern die Tochter im Salon.
„Nun, Erbgräfin, oder bald noch mehr?", fragt der Graf gutgelaunt die Tochter.
„Ihr habt Euch gestern mit dem Erbprinz gut amüsiert" und streichelt ihre Wangen.
„Ja, es war ein schönes Fest. Leider wünschte ich noch mit anderen zu tanzen, aber…"
„Es kommt, wie es kommen soll", unterbricht sie lächelnd verständnisvoll die Gräfin.

Nach dem Frühstück erhebt sich die Gräfin Charlotte von Borsydoy und geht ins Nebenzimmer. Läutet nach der Gouvernante ihrer Tochter Cecilie.

„Frau Gräfin haben nach mir geläutet?".
„Ja, habt Ihr eine Veränderung in dem Verhalten der Erbgräfin bemerkt?", befragt sie die Gräfin.
„Hoheit, was sollte ich bemerkt haben?".

„Nun, Ihr wart auch auf dem Fest, hattet viel Umgang mit Elea. Mir scheint, Ihr Wesen hat sich gewandelt. Ich rede jetzt mit Euch, von Frau zu Frau. Ist eine gewisse Verliebtheit zum Erbprinz Otto-Leopold entsprungen?".

„Ja, Frau Gräfin, eine Umwandlung ihres Charakters ist geschehen, so unerwartet. Am Morgen, nach Ihrer Toilette, ist die Baroness, Verzeihung, Erbgräfin, zum Hauslehrer geeilt. Eure Hoheit! Sie wünschte mir einen guten Morgen! Dessen ungeachtet, obwohl ich sie nicht mit der geziemenden Anrede angesprochen hatte. Ich hatte es versäumt und wollte mich entschuldigen, aber sie war so in Eile.

Da war sie schon durch die Tür, Euer Hochwohlgeboren.

Sie wirkte auf mich, als ob sich ihr Charakter von Grund auf umgekehrt hat, Frau Gräfin. Ob eine Verliebtheit zu Tage getreten ist, vermag ich nicht festzustellen. Sie wirkt auf mich befreit, ja glücklich".

Gräfin Charlotte geht näher zu Cecilie.

„Sie haben es also auch bemerkt. Es ist seiner Hoheit, dem Grafen auch aufgefallen, sie wird doch nicht krank sein? Ich danke Euch für Eure Offenheit und bewahrt diese Unterredung für Euch, Gouvernante Cecilie. Meldet mir aber weiteres von der Erbgräfin".

Die Einladung von Fürst Leopold II. Cottlitz, an die von Borsydoys, erfolgt prompt.

Der Fürst ist erfreut, dass das Herz des Erbprinzen endlich zu einer Jungfer entbrannt ist.
Wenn die Hochzeit stattgefunden hat, kann er endlich bald seinen Jagdgelüsten freien Lauf lassen. Überdies soll der Graf nicht unvermögend sein, wie ihm der Rentkammermeister zugeflüstert hat.

Freundlich werden die von Borsydoy im Fürstlichen Schloss empfangen.
Beeindruckt von der Größe des Schlosses und dem herrschaftlichen Gehabe, hoffen die Grafen auf eine baldige Verehelichung der Tochter.
Einen Tag später, im Fürstlichen Salon nach dem Diner, erhebt sich Erbprinz Otto-Leopold vom Sitzplatz.
Er wendet sich der gräflichen Familie zu.
„Verehrte Gräfin, Verehrter Graf, Jungfer Erbgräfin. Es ist mir eine Ehre in diesem Durchlauchten Kreis, Euch um die Hand der Tochter Katharina-Eleonore, anzuhalten. Wir sind einander zugetan".

Eine Blässe überzieht das Gesicht der Comtesse.
Sie steht ungestüm auf und presst eine Hand auf die Stirn, die andere Hand greift an den Arm der Mutter.
„Frau Mutter, mir wird übel. Führt mich bitte auf den Balkon an die Luft".
Die Gräfin eilt rasch mit der Tochter hinaus.
Der überraschte Graf entschuldigt die Comtesse den erstaunten Hoheiten.

„Verehrter Erbprinz, sie ist so betört von Eurem Antrag. Er hat sie überwältigt. Zeigt Verständnis für sie. Wir sind alle überglücklich".

Die Mutter umarmt besorgt die Tochter auf dem Balkon.
„Was ist mit dir Elea?". Selten gebrauchte die Mutter ihren Kosenamen. „Der Antrag von Otto-Leopold kam doch nicht überraschend?".
„Nein, nein", widerborstig löst Elea sich von der Mutter.
„Nochmals nein, er kommt für mich nicht infrage. Ich will ihn nicht!".
Die Stimme der Mutter wird streng und unnachgiebig.
„Wir entscheiden, wer bei uns einheiratet. Der Erbprinz ist eine hervorragende Partie. Bedenke doch", ihre Stimme wird milder, „du wirst eine Fürstin, bist im Hochadel!".
„Ja, mit Nebenfrauen, eher gehe ich ins Kloster".
Betretenes Schweigen zwischen ihnen.
Die Gräfin hat diese Entschiedenheit nicht erwartet.
„Nun Elea, ich werde seiner Hoheit berichten, dass Euch nicht gut ist und ihr von seinem Antrag beschämt seid" und wird dann sehr förmlich.
„Überlegt es Euch bis zum Morgen gut".

„Ja, verehrte Mutter, ich bitte Euch um Verzeihung, aber..", sie stockt und läuft weinend zum Nebenausgang.

Am Abend besprechen die Eltern den Antrag und das Ereignis und über den Widerstand der Tochter.

Der Graf ist ungehalten.

„Du erklärtest mir, dass Katharina-Eleonore im Wesen sich verändert hat und dann dieses Benehmen, es ist wie zuvor. Ich war in der Hoffnung, dass sie endlich mit neuen Pflichten ihren Weg geht. Solchen Antrag wird sie nicht mehr bekommen".

„Ja, wie erklären wir ihre Ablehnung dem Erbprinzen, vielleicht überlegt sie es sich noch", seufzt Gräfin Charlotte.

Am Morgen, vor der übereilten Abreise der gräflichen Familie, eilt mit festem Schritt, Katharina-Eleonore, verspätet zur Abfahrt bereiten Kutsche der Eltern. Ihr schreitet Otto-Leopold nach und ergreift an der Kutsche ihren Arm.

„Wir sind erstaunt über die plötzliche Abreise. Nun ergeht es Euch besser? Ich habe wohl überstürzt den Antrag gestellt" und lächelt hoheitsvoll.

„Wenn ihr Euch wieder gefasst habt, gebt mir Nachricht durch die Gouvernante. Ich werde sie empfangen" und verneigt sich leicht.

Dieses Getue nervt die Comtesse, es ist ihr zuwider.

„Einen Moment, Eure Hoheit, ich werde nicht Eure Gattin!".

Aus einem starken Willen entspringt, dieser für Otto-Leopold, ernüchternde Satz.

Spricht´s, wendet sich um und steigt in die Kutsche zu den Eltern.

Lässt den verdatterten und als die Kutsche in Staubwolken sich entfernt, dann einen verärgerten Otto-Leopold zurück.

Zornig geht er zum Schloss in den Salon.
Fürst Leopold II. spaziert dem Sohn entgegen.
„Nun mein Erbprinz-Gemahl, seit Ihr zufrieden mit Eurer Auswahl? Warum ist die gräfliche Familie so eilfertig abgereist?".
„Sie hat mich fallen lassen, Herr Vater. Meinen Antrag abgelehnt und will mich nicht heiraten".
Otto-Leopold ist sichtlich bedrückt.
„Oho, jetzt hat Euch eine abblitzen lassen, und ich sollte auf Euren Rat hin, die Familie gräflich ernennen. Aber sie hat Courage, wie Eure Mutter selig. Die hat mich damals dem König vorgezogen. Tröstet Euch, andere Mütter haben auch schöne Töchter. Ihr hättet seiner Zeit die Prinzessin Leonore ehelichen sollen".
„Aber, Herr Vater, diese unschöne Prinzessin! Nimmermehr gehe ich auf Freiers Füßen".
„Mein Sohn, das Land hat viele Jungfern, aber warum lehnte sie Euch ab? Hat die Comtesse bereits einen anderen auserwählt? Kann es sein, dass es doch Jemanden gibt?
Ihr seid ein Erbprinz, wenn auch unsere Schatulle sich leert. Nun denn, bringt baldigst eine große Mitgift, gleich, wer sie ist", fordert Fürst Leopold II.

Dieser Hinweis des Vaters auf einen anderen Bewerber brennt sich mit Unruhe in sein Gehirn ein. Welcher Prinz könnte es sein? Kaum einer kam in ihre Nähe, oder könnte ihm das Wasser reichen.

Sein Stolz ist verletzt.

Einzig sein Junker!

Der Einfall des Vaters bringt ihn zur Vermutung, es kann nur der Junker sein! Aber er ist doch nur von niederem Adel.

Er ist sich nicht sicher, aber, ich will ihn zur Rede stellen! Läutet den Diener.

„Bringt mir den Junker Paul-Friedrich herbei, sofort. Er ist bestimmt beim Waffenschmied. Dort verbringt er die meiste Zeit. Beeile Er sich".

Sein rauer Ton verheißt dem Diener nichts Gutes. Der Junker ist erstaunt, so dringlich zu Otto-Leopold gerufen zu werden.

„Herr Junker, wir haben Euch rufen lassen, zur Aufklärung und Bemessung eines Vorfalls. Kurzum, es ist mir berichtet worden, Ihr machtet der Erbgräfin Katharina-Eleonore, anlässlich des Besuches bei dem Grafen Borsydoy, schöne Augen. Es war ungehörig und hat sie beleidigt. Ihr wisst, wie die Rangfolge des Adels ist und welche Vorrechte der Hochadel gegen den Niederadel hat, zumal Ihr in unseren Diensten steht".

Junker Paul-Friedrich ist betreten.

„Eure fürstliche Hoheit, keinesfalls habe ich ihr schöne Augen gemacht, sie hat mich keines Blickes gewürdigt, als ich sie Eurer Hoheit vorstellte. Beim Tanz schaute sie oft auf die Gemälde an der Treppe und streifte meinen Blick. Sie konnte keines falls beleidigt sein. Sie ist Euer würdig, aber noch jung, lasst Ihr Zeit".

„Was fällt Euch ein, mir zu raten. Schweigt, es ist genug. Sie wird meine Braut. Und ihr verlasst stante pede das Schloss. Ihr seid aus unseren Diensten entlassen".
Ohne Gruß verlässt Erbprinz Otto-Leopold den Salon und den fassungslosen Junker stehen.

In seiner Kammer packt Paul-Friedrich die Habseligkeiten zusammen. Er ist wie vor dem Kopf geschlagen. Wie soll ich die Verabschiedung den Eltern erzählen?
Er ist sich keiner Schuld bewusst.
Gewiss, wir haben uns in die Augen geschaut. Ein ins geheimes Einverständnis hat ihn wohl berührt, aber nicht mehr, oder doch?
Hat er sich verliebt?
Unter Regen, zur selbigen Stunde, verlässt Paul-Friedrich das Schloss mit Wehmut, geht an den vertrauten Bediensteten vorbei, mit letzten Grüßen an die Bekannten, in eine ungewisse Zukunft.

Im heimatlichen Schloss, überlegt sorgfältig die Comtesse währenddessen, wie sie Paul-Friedrich wieder sehen kann. Ihn heimlich treffen, ohne dass es jemand bemerkt. Sehnsucht nach ihm hat sich ihrer bemächtigt.
Sendet alsdann vertrauungswürdige Boten zum fürstlichen Schloss aus, mit dem Auftrag, sich unauffällig nach dem Junker zu erkundigen.
Erst der zweite Bote hat von der Entlassung erfahren und überbringt ihr die schlechte Nachricht.

Er hat nur zu Ohren bekommen können, dass der Fürst ihm eine Szene wegen der Comtesse gemacht hat.

„Der Junker musste das Schloss stante pede mit seinen Siebensachen verlassen und ein Bauer vom Schloss hat mir berichtet, dass der Junker ihn auf dem Feld angesprochen und befragt, wohin der Landweg führt. Er war wohl der Letzte, der mit ihm sprach und abgeraten hat, den Weg zu gehen.

Denn er führt in den verwunschenen Wald.

Die Menschen meiden den Urwald seit Lebzeiten und auch den Jägern ist er unheimlich. Selbst Heerscharen zogen um ihn herum.

Es soll dort einen Riesen geben. Man sagt, in der Walpurgisnacht ist der Hexensabbat und auch die Wilde Jagd dort mit Getöse unterwegs. Dort will ich hin, sagte der Junker und ging schnurstracks in den Wald".

Die Erbgräfin ist entsetzt, sieht Ihr Wiedersehen dahin schwinden.

Doch was bleibt ihr, das Kloster oder die Oednis im Schloss.

Sie entschließt sich zur Suche nach ihm.

Der Junker hatte verbittert das Schloss von Fürst Cottliz verlassen und wandert ohne Ziel gegen Osten, zu dem unbewohnten Gebiet des Grafen Borsydoy. In den Wald, wovor der Bauer ihn warnte. Durchschreitet Schluchten, überquert Flüsschen, steigt über Hügel. Umgeben von einer unberührten Natur, taucht er immer tiefer in den Wald ein. Lindenbäume verströmen an einer Allee ihren betörenden Duft der Blüten.

Schmetterlinge umfliegen die üppigen Gewächse, mit den vielfarbigen, unterschiedlichen Blüten.
Vögel umtanzen sich in wildem Ringelreihen.
Gedanken an Katharina-Eleonore gleiten durch den Kopf, sie geht ihm nicht mehr aus dem Sinn.
Aber seine Verbitterung wandelt sich in der Ruhe, verströmt in eine nie gekannte Heiterkeit.
Er ist verliebt!
Katharina-Eleonore! Ich bin verliebt", ruft er laut über das Land.
„Katharina-Eleonore, ich werde um dich freien. Es wird eine Lösung geben. Ich will umkehren und dich in eurem Schloss aufsuchen".
Sein Junkerleben ist aufgelöst, vorbei und empfindet Dankbarkeit zu dem Hier sein.

Er weiß nicht, wo er ist, aber geheimnisvolle Kräfte treiben ihn voran.
Einem Bachlauf folgt er am Uferrand, der zur Wiesenlandschaft führt, um dann in einen See einzufließen. Er kniet am Ufer und erfrischt sich in dem klaren Wasser. Das zeigt sein unbetrübtes Spiegelbild und der See ladet zum Bade.
Nach der Erquickung findet er Ruhe unterm Wacholderbusch, Schlaf übermannt seinen Geist.

Eine Berührung an der Schulter unterbricht Paul-Friedrichs Schlaf.
Ein großer Schatten hat sich auf ihn gelegt.
„Hab keine Angst vor mir. Ich wollte dich nicht erschrecken, aber dein Ruf blieb nicht ungehört. Ich suchte dich".

Unsicher richtet sich der Junker auf, freundliche
Augen schauen ihn an.
Die Sonne überstrahlt das fremde, von Wind und
Wetter gegerbte Gesicht.
Eine herbe, ausdrucksvolle Narbe durchzieht, von
der Schläfe zum Bart, die Gesichtshälfte.
Eigenartig, sie entstellt es nicht, als gehöre sie
dazu.
Groß und breitschultrig, steht der Hüne vor ihm.
Trotzdem, Paul-Friedrich fasst gleich ein Vertrauen
zu dem Fremden, der die Hand entgegen streckt
und aufhilft. Des Junkers Hand verliert sich in
seiner.
„Ich bin der Junker Paul-Friedrich Abromeit",
verkündet er selbstbewusst und nicht ohne Stolz.
Der Waldmensch lächelt gütig.
„Mein Freund, im Wald regiert die Natur, hier sind
wir alle gleichwertig, aber warum bist du hier im
Wald, du hast dich wohl verirrt?".
„Wohl wahr, man hat mich aus dem Schloss Cottlitz
verwiesen. Auf der Suche des Vergessens meiner
Sorge, bin ich mit dem Kummer in den Wald
getrapst und darin umher geirrt. Die Leute erzählten
von magischen, unheimlichen Kräften, die von ihm
ausgehen. Vielleicht helfen sie mir.
Ungeheuer seien im grauslichen Wald. Manchmal
wurden sie gesehen, deshalb hat sich keiner hinein
gewagt. Der Aberglaube ängstigte sie.
Aber eigenartig, Ich fand hier die Ruhe, mein Ärger
und Zorn über den Fürst ist wie weggeblasen.
Nun, wer seid Ihr, was macht Ihr hier?".

„Ich erzähle dir später von meinem Leben in meiner
Behausung, denn es ist eine lange Geschichte.
Komm, folge mir. Du siehst, hier ist alles natürlich
und im Einklang mit der Schöpfung" und geht voran.
Seine Gestalt ist riesig, ob er der Riese ist, von dem
das Volk erzählte?
Unweit vom See erreichen sie eine Felsenhöhle,
seine Bleibe.
Alles ist auf die Größe seiner Statur eingerichtet.
Paul-Friedrich bleibt als Sitz nur ein flacher Stein
am Herd.
„Hier, trink erst was. Danach gibt es Essen".

Als er die Mahlzeit bringt, verzieht Paul-Friedrich
das Gesicht. Nur Grünfutter, kein Fleisch.
Aber, nach den ersten Bissen schmeckt ihm das
Essen, eine angenehme Schärfe legt sich auf die
Zunge.
„Schmeckt´s? Es ist Wildgemüse mit Wildkräutern
vermischt, mein Lieblingsessen" und lächelt
verschmitzt den ins Schwitzen gekommenen Junker
an.
Der Hüne lehnt sich zurück und beginnt seine
Lebensgeschichte zu erzählen.

„Man hat mich, nach Monaten meiner Geburt, von
der Mutter weggenommen, weil ich rapide
gewachsen bin und am Waldrand abgelegt.
Der ist verhext geboren und die Hexe vom Wald soll
nun auch für ihn sorgen, meinte der Alchemist des
Fürsten nach seiner Befragung.
Eine Wache hat mich heimlich an den Waldrand
abgelegt.

Durch mein Schreien wurde die als Kräuterhexe
beschimpfte Frau auf mich aufmerksam.
Sie lebte am Wald und der Alchimist hasste sie,
denn sie wurde oft heimlich vom Volk aufgesucht.
Ihre Kräuter und Tees halfen gegen manches
Leiden, was dem Alchimisten nicht gefiel.
So konnte sie mancherlei aus dem fürstlichen
Schloss erfahren. Sie hat mich aufgenommen und
groß gezogen.
Meine arme Mutter wurde, auf Geheiß des Fürsten
Cottlitz und auf den Rat des Alchimisten hin,
verstoßen. Sie sollte keine Kinder mehr auf dem
Schloss gebären.
Die Frau, die mich nun umsorgte, war keine Hexe,
sondern eine sehr kluge Frau. Möglich, dass sie aus
dem Adel stammte. Denn, wie sie einmal erzählte,
war ihr das Schlossleben, mit den Hofschranzen,
zuwider.
Ich lernte von ihr Lesen, Schreiben und Rechnen,
sie ist mir Mutter geworden.
Dazu die Heilkräuterkunde, das war ihr
Steckenpferd. Vieles brachte sie mir bei, denn
einige Bücher waren ihr verblieben.
Nun, was war dein Grund, fort aus dem Junkerleben
und in den Wald zu gehen?".

Nun berichtet Paul-Friedrich von den Ereignissen
auf den Schlössern.
Das Pochen auf das Anspruchsrecht des Adels von
Erbprinz Cottlitz und die Abberufung durch ihn.
Da wurde ihm seine Verliebtheit erst klar und
entfachte die Liebe zur Katharina-Eleonore.
Der Waldmann ist beeindruckt.

„Ja, die Liebe, in der Einsamkeit habe ich viel darüber nachgedacht, philosophiert und oft die Bücher studiert, aber ich habe sie nie kennen gelernt".

„Doch", widerspricht Paul-Friedrich.

„Deine Ziehmutter, die dich aufgenommen hat, die hat dir Liebe geschenkt".

„Jaaa, das ist wahr, aber nun ist es Nacht geworden, legen wir uns ans Feuer zum Schlaf. Morgen sehen wir weiter".

Ein sonderbarer Mensch. Mit diesen Gedanken schläft der Junker Paul-Friedrich in sein neues Leben im Wald, ein.

Im Schloss Borsydoy zieht sich die Comtesse ganz zurück.

Kaum jemand bekommt sie mehr zu Gesicht.

In ihrem Zimmer sitzt sie vorm Spinnrad und blickt ständig durchs Fenster in die Ferne, als ob sie etwas erwarten würde.

Ihre Sehnsucht fliegt in die Weite zu Paul-Friedrich. Cecilie umsorgt sie aufs Beste.

Die Ablehnung des Antrages vom Erbprinzen hatte keine Folgen für die Familie von Borsydoy.

Eine Zurechtweisung durch den Fürsten ist nach dem Besuch nicht erfolgt.

Der Erbprinz wird sein Anrecht noch durchsetzen.

Die Gouvernante hört oft ihr Weinen im Zimmer. Sie hat Mitleid mit der Liebeskranken.

Cecilie ist es auch einmal so ergangen, deshalb macht sie sich Sorgen und nicht nur sie.

Auch die Eltern sind betroffen über die Ablehnung der Hochzeitsofferte vom Erbprinz und dem Wandel, der in Katharina-Eleonore vorgegangen ist.

Cecilie platzt, nach langer Zeit des quälenden Seelenlebens der Comtesse, der Kragen.
Als sie wieder vor der Tür horcht und ihr Weinen aus dem Zimmer hört, klopft sie laut an die Tür.
Die Comtesse hört nicht ihr Klopfen. Besorgt öffnet Cecilie leise die Tür.
Mit verweinten Augen hockt Katharina-Eleonore trübselig auf ihrem Bett. Ein Häufchen Elend. Nichts ist mehr geblieben von ihrem Hochmut.
Cecilie setzt sich zu ihr, nimmt sie in die Arme, worauf sie erneut los jammert. „Wie stelle ich die Suche nur an?"
„Euer Hochwohlgeboren, es geht nicht mehr so weiter. Sie werden jetzt handeln müssen, ansonsten ist es zu spät. Glauben sie mir, den Fehler habe ich einmal gemacht, es sich über mich ergehen lassen. Nun sitze ich hier bei Euch in Diensten, bin alt geworden und habe keine Familie".
Unter Schluchzen schlingt sie Arme um Cecilie.
„Mein Benehmen gegen Euch tut mir sehr leid, Cecilie. Was kann ich nur tun, er ist fort!".
„Ein Herz fassen, Eurem Glück nachlaufen, auch wenn der Junker ein Geringerer ist".
Katharina-Eleonore richtet sich auf, wischt mit ihrem Kleid die Tränen ab.
„Er ist kein Geringer, aber woher wisst Ihr…".
„Das merkt man als Frau, wie ihr den Junker Paul-Friedrich angeschwärmt, ja angehimmelt, habt".

„Cecilie", wieder spricht sie den Namen der Gouvernante voll aus. „Ich bitte Euch um Rat, was ich wagen kann".

„Ihr habt den Mut dazu und die Liebe ist allmächtig. Ich werde Euch helfen. Wenn Euer Wille es wünscht, kann ich alles vorbereiten".

„Wie, was vorbereiten?".

„Geht auf die Suche, verlasst das Schloss. Hier könnt Ihr ihn nicht finden. Umhang mit Kapuze, Stiefel, alles habt Ihr in Euren Schränken. Der Schultersack mit Verpflegung ist schnell gepackt".

„Ja, ich will", mit verweinten Augen umarmt sie stürmisch Cecilie.

„In der Morgendämmerung erwartet Euch eine Chaise am verborgenen kleinen Tor. Die bringt Euch zu dem Wald, an dem Paul-Friedrich zum letzten Mal von dem Bauer gesehen worden ist. Die Kutsche kehrt dann um, es soll nicht gleich bemerkt werden, dass ihr entschwunden seid. Lauft auf dem Fahrweg am verwunschenen Waldrand entlang. Ihr erreicht ein Dorf, vielleicht hat ihn dort jemand gesehen. Fasst Euch, handelt!".

„Ich danke Euch, meine liebe Cecilie" und drückt sie.

„Eure Fürsprache, sie hat mich aufgerichtet und meinen Mut gefördert. Lebt wohl und erklärt der Mutter meine Abreise, warum ich auf meinem Wunsch nach ihm, nachgehen musste. Ich liebe ihn so sehr, dass ich mein Leben für ihn geben würde. Es ist keine Schwärmerei, die Verliebtheit fuhr wie ein Blitz in mich. Keinesfalls begebe ich mich in das Reich des Fürsten".

Der Morgen graut, es ist kalt, regnerisch.
Katharina-Eleonore schleicht, die Kapuze vom
Mantel tief ins Gesicht gezogen, aus dem
Hintertürchen zu dem Gebüsch. Ihr Herz klopft so
laut, das sie meint, man könnte es hören.
Leise schnauft das in die Chaise eingespannte
Pferd.
Der Kutscher öffnet die Wagentür und hilft ihr
hinein, führt langsam, um kein Geräusch zu
machen, das Ross zu Fuß an dem Zügel.
Von der Schlossmauer weg, auf und davon.

Bald ist der Fahrweg erreicht, und der Kutscher,
nun auf dem Kutschbock, treibt den Gaul zu hohem
Tempo an.
Nach langer Wegstrecke, am späten Nachmittag,
hält er an und hilft ihr aus dem Wagen, reicht den
Schultersack.
„Hier beginnt das geheimnisvolle Reich.
Überlegt Euch es noch. Wollt Ihr wirklich in den
unbekannten, dunklen Wald, wo kaum ein Mensch
jemals war? Ihr wisst, was man erzählt.
Hexensabbat und die Wilde Jagd treiben dort ihr
Unwesen.
Ob sich da der Junker hinein gewagt hat?".
Sorge klingt aus seinen Worten.

„Ich danke Euch für das Verbringen hierher und
auch für Eure Verschwiegenheit. Mein Weg führt
erst am dem Wald entlang, zuerst in ein Dörfchen.
Dort werde ich mich umhören.
Grüßt bitte Ihre gräflichen Hoheiten und wenn man
Euch befragt, antwortet, es ist mein Wille, den

Aufbruch in ein neues Leben zu suchen. Meine Reise beginnt jetzt, lebt wohl" und wendet sich ab, entfernt sich mit forschem Schritt.

Regen setzt ein, wird stärker.
Mit der Abenddämmerung erreicht sie das erste Haus vom Dorf. Sie ist durchnässt. Das Haus ist eine Kate, sie hat so Dürftiges noch nie gesehen. Zaghaft klopft sie an die Türbretter.
Schlurfende Schritte sind zu hören. Knarrend öffnet sich der Verschlag. Der Kopf einer alten Frau blickt um die Ecke.
„Was willst du?". Unfreundlich wird Katharina-Eleonore angeherrscht.
„Seht, ich bin klatschnass, kann ich mich bei Euch wärmen?", Kopfschütteln und will den Verschlag zu stellen. „Ich kann dir nicht helfen".
„Einen Taler gebe ich Euch" und kramt aus dem Geldbeutel das Geldstück heraus.
Die Augen der Alten werden gierig.
„Meinetwegen komm herein", nimmt den Taler und beißt darauf.
Der Raum ist verräuchert, es stinkt nach Schweiß und Kohl, aber es ist warm.
„Du bist wohl eine Hochwohlgeborene, denn sie bemerkt den Geldsack an ihrem Gürtel. In dem Blick liegt Geldgier.
„Nun ich gebe Euch noch einen Kreuzer, wenn ihr mir sagt, ob ein Junker durch das Dorf gezogen ist".
„Noch einer vom Stand. Den hätte ich gesehen. Nein, hier ist keiner durch gezogen, gib mir den Kreuzer. Morgen kannst du gehen" und rührt im Kessel, der über dem Feuer hängt.

Katherine-Eleonore verbringt eine schlaflose Nacht.
Die Alte ist ihr nicht geheuer.
Bei der ersten Helligkeit, die durch das
verschmutzte Fenster dringt, schnürt sie ihr Bündel
und will leise die Behausung verlassen, aber die
knorrige Tür verrät ihr gehen.
Die Alte wird wach und ruft ihr Schimpfworte nach.
Erleichtert atmet sie die frische, klare Luft tief ein.
Kaum ist sie aus dem Weiler, erblickt sie von
weitem Reiter, nähern sich rasch. Schnell huscht
sie ins Gebüsch. Es sind zwei, die an ihr vorbei
galoppieren. Ein drittes Pferd führen sie mit sich.
Einen kann sie erkennen, er ist aus ihrem Schloss.
Sie wird also gesucht und soll nun zurück gebracht
werden!
Das darf nicht sein, schnell weiter. Immer wieder
dreht sie sich um. Ob die Alte sie verraten wird?

Am Vormittag erreicht sie den verwunschenen
Wald.
Mächtig ragen die Äste in die Höhe.
„Ich fühle es, du bist hineingegangen,
Paul-Friedrich", dabei spricht sie sich Mut zu.
„Ich habe keine Angst und folge dir in den Wald"
und bahnt sich einen Pfad durch das am Waldrand
sprossende Buschwerk.
Die Bäume empfangen sie freundlich, die Sonne
blinzelt durch das Birkenlaub und sanfter Wind
umweht sie im Kleid.
Eichen und Buchen mit Vogelgesang, begleiten sie
weiter hinein in die Tiefe des Waldes. Hohe
Stämme umrauschen sie mit ihrem Blattwerk.

Der weiche Boden vom Nadelforst erleichtert später den Weg, aber die Müdigkeit überfällt sie mit der einbrechenden Dämmerung. Den großen Umhang breitet sie als Nachtlager, unter dem Baldachin eines niederen Baumes, aus.
Bald gleitet Katharina-Eleonore, Elea, in einen erschöpften Schlaf.

Tage und Nächte auf ihrer Suche vergehen.
Ziellos wandert sie durch die Wälder, an klaren Quellen erfrischt und wäscht sie sich.
Die Zuversicht, Paul-Friedrich zu finden, wächst mit jedem Tag, glaubt, dass sie Schritt für Schritt ihm näher kommt.
Die zuerst befremdlichen Geräusche im Wald sind ihr nicht mehr unheimlich. Die Baumwipfel über ihr wiegen sie abends in den Schlaf.

Am 10. Tag des Herbeisehnens ist im Schultersack keine Nahrung mehr, auch das Wetter wird schlechter und kälter.
Die Kleidung ist mittlerweile befleckt und verlottert.
Fröstelnd sammelt sie Beeren, trinkt aus Quellen das kalte, aber wohltuende Wasser.
Katharina-Eleonore folgt unbewußt dem gleichen Bachlauf wie Paul-Friedrich einst, mit der Hoffnung, auf Menschen zu treffen.
Ihre Kräfte schwinden, sie muss öfters Pausen einlegen.

An einem Morgen öffnet sich der Wald zu einer weiten Lichtung und sie vernimmt ein leises

Plätschern. Der Bach verliert sich in den, von alten Bäumen umrahmten See.

Tiefe, dahin ziehende, dunkle Wolken streben eilig über die wunderschöne Landschaft vor ihr.

Den Mantel zusammenraffend, sinkt sie erschöpft in das weiche, mit Blumen ausgeschmückte Gras und blickt zum Himmel. Helle Wolken ziehen nun langsam gleitend, über das Firmament und lassen die Sonne auf sie scheinen, döst vor sich hin.

Träumt sie?

Unerwartet sind die Wolken weg, ein Schatten bewegt sich über ihr.

Eine Gestalt.

Erschreckt setzt sie sich auf.

Ein Mann steht neben ihr und stützt sich auf den langen Stab.

Das Gesicht ist eingerahmt vom dichten Bart mit einer Narbe. Freundliche Augen schauen sie an.

Keiner spricht.

Dann unterbricht er die Stille, beugt sich zu ihr und mit tiefer, warmer Stimme spricht er Elea an.

„Ihr braucht Euch nicht zu ängstigen, Katharina-Eleonore".

Sie stutzt, woher weiß er meinen Namen.

„Ihr kennt mich?".

„Der Wald erfährt und weiß alles".

„Dann wisst Ihr auch, dass ich auf der Suche bin".

„Nach was sehnst du dich, zu dir selbst?".

„Nein, ich habe meine Liebe verloren und mein Hab und Gut aufgegeben, um sie zu finden".

„Du musst ihn sehr lieben, um ihn in diesem Wald zu suchen. Schnell kann man da sich verirren".

Katharina-Eleonore stellt sich vor ihm auf.
Seine imposante Größe, ihr Kopf reicht gerade bis
an sein Gurtband.
Kleinlaut legt sie ihr Haupt in den Nacken.
„Ja, ich bin die Comtesse Katharina-Eleonore.
Paul-Friedrich heißt er und wurde vom Erbprinz aus
dem Schloss verjagt, weil er die Liebe zu mir
eingestand. Zuletzt wurde er von einem Bauer am
Wald gesehen.
In meiner Sehnsucht bin ich auf die Suche nach ihm
gegangen, aber", sie stockt, „wie kann es sein, dass
Paul-Friedrich hier zu finden ist? Könnt ihr mir
behilflich sein, ich bezahle euch, denn Ihr lebt im
Wald. Habt Ihr ihn angetroffen?
Dröhnend lacht der Mann.
„Hier im Wald sind wir alle gleich, gibt keine
Komtesschen und Junkersleut".
Niedergedrückt seufzt sie, „Ich möchte ihn nur
wieder sehen. Er fühlt genauso wie ich. Bitte, helft
mir".
„Nun, ich kann dir zeigen, wo er lebt", lächelt der
Hüne. „Aber denkt daran, dass Liebe Disziplin
erfordert und Hingabe. Ein Zusammenleben ohne
Liebe ist nicht möglich. Sie steht über Macht,
Prestige, Geld. Prüfet Euch".

Stürmisch umklammert sie die Hand von dem
Waldmensch, „ich flehe Euch an, führt mich zu ihm".
„Folge mir, dein Herz ist demütig und ohne
Argwohn, es spricht redlich. Der Fritz ist ein
rechtschaffener Mensch. Wir beide haben uns
gleich verstanden".

„Ich meinte Paul-Friedrich. Ich kenne keinen Fritz",
antwortet enttäuscht Katharina-Eleonore.
„Warte ab, bis du ihm begegnest".
Er führt sie am Uferrand des Sees endlang,
unterbrochen wird die Stille durch das Rauschen
der Wipfel, Fische tauchen manchmal aus dem See
auf und gleich wieder unter. Beide waten durch
feuchtes Gebiet, bis ein hoher Fels das
Landschaftsbild durchschneidet.
Eine Öffnung zeigt sich am Fuß des Felsen, die
Lücke zwischen dem Grün. Sie ist eingerahmt von
Holzbalken.
Neugierig lugt sie durch die Balken. Eine Höhle
schließt sich an.
„Geh nur vor, schau dich um, das ist unser
Zuhause".
Eine Fackel beleuchtet den großen Raum.
Bett, Stuhl, Tisch. Ein Kamin mit Kochgeschirr,
mehr nicht.
Katharina-Eleonore fühlt sich hier unendlich klein,
alles ist so Groß ausgeführt.

Draußen ruft der Fremde mit donnerndem Bass
einige Male über den See:
„Fritz, wo bist du? Es ist Besuch für dich da" und
geht zurück zur Comtesse.
„Warten wir auf Fritz. Er ist noch unterwegs, um
Essbares zu sammeln. Entschuldige, ich vergaß, dir
einen Sitz anzubieten" und nimmt den flachen
Schemel neben dem Herd. „Setz dich, Fritz hat ihn
für seine Größe gebaut" und lacht aus vollem
Herzen.

„Aber, ich kenne keinen Fritz", wiederholt sie. „Ich bin gespannt, wer er ist" und lächelt gequält.

„Du schaust mich so erwartungsvoll an, warten wir auf ihn. In der Zeit erzähle ich dir meine Lebensgeschichte, denn du möchtest bestimmt gerne wissen, warum ich hier lebe.

Vor Jahrzehnten lebte ein junges Waisenkind, von Adel geboren, auf Schloss Cottlitz. Sie wurde gnädig im Schloss aufgenommen. Weil im Wachstum ein Buckel ihre Gestalt entstellte, versteckte man sie als Gehilfin in der Küche und musste schwere Arbeit verrichten. Hänseleien war sie stetig ausgesetzt.
In der wenigen Freizeit, ging sie in das Kloster zu den Mönchen. Ein Mönch, sie nannte oft den Namen Benedikt, erbarmte sich ihrer. Von ihm lernte sie lesen und schreiben.
Ihre große Wissbegierigkeit zur Kräuterkunde förderte er, und die Gelehrigkeit freute ihn so sehr, dass er ihr das große Buch über die Kräutersammlung schenkte.
Kurzum, eines Tages, den Verhöhnungen und Demütigungen leid, nahm sie heimlich des Nachts ihr Bündel, das Kräuterbuch und verschwand.
Man suchte halbherzig um das Schloss, aber bald war sie vergessen.
Nach langem Umherirren, verblieb sie im Wald. Hierher getraute sich keiner her und so hatte sie Ruhe vor den bösartigen Zungen. Den Fels hier, mit der Höhle, wählte sie als Behausung. Sie legte einen Kräutergarten am See an.

Aber zum Waldrand ging sie oft und blickte mit Wehmut dorthin, wo das Schloss Cottlitz liegen musste.

Wie sie mir erzählte, vernahm sie am Wald eines Tages ein Stöhnen. Vorsichtig folgte sie dem Klagen. Ein Jäger lag, mit blutender Wunde am Bein, im Gras und jammerte um Hilfe. Ein Keiler hatte ihn auf der Jagd angegriffen und verletzt.

Mit seinem Messer schnitt sie ein Stück Stoff aus dem Beinkleid, nahm aus ihrem Säckchen Kräuter und legte sie auf die blutende Verwundung, umwickelte mit seinem Hosengürtel das Bein und half ihm auf das Pferd.

„Ich danke Euch und bin in Eurer Schuld. Was kann ich für Euch tun?". Das waren seine Worte gewesen.

„Nun denn, zu Vollmond stehe ich am Wald, bringt mir vom Schloss Cottliz Sämlinge von Arnika", bat sie den Jäger.

Er überbrachte, wie versprochen, ihr die Arnikawurzeln.

Der Jäger erzählte von der wundersamen Begegnung im Volk. Die Wunde verheilte, zum Erstaunen der Menschen, rasch.

Aber die Neugierde von ihnen war erwacht. Sie dachten, die Hexe vom Wald könnte auch Tinkturen gegen allerlei andere Gebrechen brauen.

Sie bedrängten den Jäger, er solle von der Kräuterhexe Mixturen am nächsten Vollmond, besorgen.

Wie sie mir erzählte, verlangten dieselben Menschen, die sie einst verachteten und jetzt als Kräuterhexe verspotteten, Hilfe von ihr.

Ohne viel zu bereden, übereichte sie das
Gewünschte dem Jäger und verschwand im
Waldgebüsch.
So war das Schicksal meiner Ziehmutter.

Mein enormer Wuchs in der kurzen Zeit nach
meiner Geburt, wurde den Schlossbewohnern
unheimlich und glaubten, ich sei eine Ausgeburt des
Teufels, und ich gehöre zur Waldhexe.
Sie wandten sich an den Fürst, der an den
Alchimisten und ordnete Monate später an, dass
der Jäger mich an Vollmond am Waldrand
abzulegen hat.
Nur durch Zufall hörte die Kräuterfrau mein
Geschrei und nahm sich meiner an.
Seitdem ging sie nie mehr im Vollmond an den
Waldrand zu dem Jäger. Sie wollte diesem Volk
keine Heilkräuter mehr geben.
Horch! das Pfeifen, es ist Fritz!"

Fröhliches Pfeifen und Rufen nach dem Waldmann
unterbricht sein Gerede, nähert sich.
Wer ist Fritz? Ist es Paul-Friedrich oder nicht? Ihr ist
bange vor seinem Erscheinen.
Wenn er es wirklich ist und mich hier sieht!
Hat er noch die gleichen starken Gefühle wie im
Schloss?

Kaum, dass er sie sieht, stockt der Schritt und er
lässt den Sack fallen.
Sein Blick wandert von ihr fragend zum Waldmann.
Geht stürmisch zu Katharina-Eleonore.

„Katharina, wie kommst du in die Wildnis, wie hast du mich gefunden, warum bist du gekommen?".
Und nimmt sie beglückt in die Arme.

„Warum? Wie fest du mich drückst. Jetzt fühle ich, dass du an mich gedacht und empfindest wie ich".

„Frag den Waldmann, wie oft haben wir über dich geplaudert, wie es dir ergeht und den Plan gefasst, dich im Schloss deiner Eltern aufzusuchen".

„Zu einer Katharina?", lächelt sie schelmisch, „mein Fritz, mein Paul-Friedrich, niemand kann uns mehr trennen".

Freudentränen laufen ihr auf den rosigen Wangen herunter und vermischen sich zu dem Kuss auf den Lippen. Der Waldmann schluckt ergriffen, ob ihrer Liebe.

Eine herrliche Zeit verbringt das verliebte Paar in den nächsten Wochen.

Sie beschließen dann, beim Erbprinz das Einverständnis zur Heirat einzuholen, um wieder friedlich am Schloss leben zu können.

Waldmann warnt sie. „Ich bringe euch bis zum Waldrand, aber seit auf der Hut. Der hohe Adel besteht auf sein Vorrecht!".

Aber die beiden hören in ihrer Verliebtheit die Warnung nicht. Sie wollen am Morgen aufbrechen.

In der Nacht, vor dieser Entscheidung, schreckt Elea von ihren Nachtlager, schweiß gebadet, auf. Das Herz klopft heftig, als wenn es aus der Brust fliehen will.

Erwacht aus einem Albtraum.

Sie rannte aus dem Schloss des Erbprinzen, von ihm auf einem Pferd verfolgt. Trotzdem sie immer schneller laufen will, kommt er näher, wild mit der Reitgerte auf das Pferd einschlagend.

Der Schaum vorm Maul und die gebleckten Zähne, mit den angstvoll geweiteten Augen, es ist grauenvoll. Sie stolpert über ein rotes Tuch, bleibt darauf liegen und das Pferd galoppiert über sie. Der Erbprinz lacht nur abscheulich.

Katharina-Eleonore ist erschüttert und tastet zum Lager von Paul-Friedrich.

Ruhig und gleichmäßig gehen seine Atemzüge. Ihr Herz klopft ruhiger, sie fühlt seine Nähe und Geborgenheit. Trotzdem findet sie wenig Ruhe. Denn was hat das rote Tuch zu bedeuten, ein Omen?

Von dem Albtraum erzählt sie den Männern am Morgen nichts.

In der Frühe gehen sie los. Waldmann weist auf seine Markierungen hin, die den Pfad aus dem Wald zeigen.

Freudig werden sie nach der Ankunft, als sie durch das Tor auf den Schlosshof von Schloss Cottlitz treten, von einigen Bewohnern begrüßt. Fragen nach ihrem Verbleib bestürmen beide.

„Ja, wir wollen heiraten und wieder hier leben. Wir wollen das Einvernehmen vom Erbprinz Otto-Leopold, holen", erklärt ihnen Paul-Friedrich.

Otto-Leopold empfängt sie mit eisiger Miene.

„Ich hatte Euch empfohlen Junker, ihr solltet Euch vom Schloss fern halten. Nun was ist Euer Begehr?".

„Hoheit, Euer Einverständnis zu meiner Vermählung mit der Comtesse Katharina-Eleonore von Borsydoy".

„Ein Junker mit einer gräflichen Comtesse? Das steht außer Frage und werde es aus Standesgründen nicht billigen und außerdem", er macht eine beredsame Pause, „ist sie mir vom Grafen versprochen, und ich mache mein Vorrecht geltend.

Ihr seid heuchlerisch, denn erst durch meinen Antrittsbesuch habt ihr die Comtesse kennen gelernt. Sie wird meine Fürstin!

So sei es, und ich verfüge, dass der Junker Paul-Friedrich sein niederes Adelsprädikat verlustig wird. Der Grund ist Euer nicht gerechtfertigter Anspruch, die Comtesse Katharina-Eleonore zu ehelichen" und ruft die Wache herbei.

„Wache, werft den Mann in den Kerker".

Die Wachen zerren den bestürzten Paul-Friedrich mit sich.

Katharina-Eleonore ist entsetzt, bekniet sich vor dem Erbprinzen.

„Ich bitte Eure fürstliche Hoheit, lasst Gnade vor Recht ergehen und flehe Euch an. Bitte gebt Euer Einverständnis. Ich liebe nur Ihn".

Die letzten Worte treffen Otto-Leopold hart.

„Ihr habt mich zu lieben! Ansonsten schicke ich Euch zu Euren Eltern zurück, und sie werden meiner Gnade verlustig.

Der Junker wird im Verlies verbleiben. Überdenkt es reiflich, ob ihr Fürstin werdet, oder das Komtesschen bleibt. Wir sehen Euch zur Mahlzeit" und eilt zornig aus dem Salon.

Schweigend nehmen Fürst Leopold II., sein Sohn und Katherina-Eleonore, die Mahlzeiten ein.
Nach dem lastenden Schweigen, fordert der Fürst beide auf, in den blauen Salon zu folgen.

„Nun, wann können wir mit den Vorbereitungen zur Vermählung beginnen", eröffnet der Fürst sofort das Gespräch.
„Sobald die Comtesse Ihr Einverständnis mir noch heute geben wird", antwortet stolz der Erbprinz. Die Stimme ist hart und fordernd.
Der Fürst zieht erstaunt die Augenbrauen hoch.
„Noch geben? Nun, ich erwarte Eure Bekanntgabe zum Nachtmahl. Für die Feier sollte ich mit meinen Jägern noch Wildbret erjagen" und verlässt den Salon.

Otto-Leopold entscheidet. „Ihr habt die Wahl, jetzt!"
Katharina-Eleonore überlegt verzweifelt.
Mit Ungeduld erwartet der Erbprinz die Antwort.
„Ihr lasst mir keine andere Wahl. Nur", und fixiert dem Erbprinz mit festem Blick in seine Augen, „wenn ihr Paul-Friedrich freies Geleit gebt!".
Und fügt argwöhnend hinzu, „habe ich Euer Wort als Erbprinz?".
„Ihr habt keine Forderung an mich zu stellen, aber ich werde großzügig sein und als mein Hochzeitsgeschenk an Euch, meine Fürstin, ihn nur verbannen. Nach unserer Vermählung ist er ein freier Mann".

Katharina-Eleonore wischt sich die Tränen aus den Augen, mit Würde steht sie sich vor dem Erbprinz, blickt ihm nochmals unbeugsam in die Augen.
„Nein!
Morgen in der Frühe möchte ich sehen, wie er mit einem gesattelten Pferd und wohl versorgt aus dem Schloss reitet. Dann erhaltet ihr mein Einverständnis.
Und, mein Gebieter, ihr werdet meinen Körper besitzen, aber nicht meine Seele.
Ich werde eine Mätresse für Euch sein, wie Eure anderen Frauen" und verbirgt das Gesicht beschämt im großen Halstuch.

„Wir werden sehen, meine angehende Fürstin. Nun gut. Morgen wird er uns verlassen. Ihr bekommt von Eurer Zofe Bescheid, wenn er ausreitet", lächelt er herablassend und zieht an der Klingelschnur.
Eine Frau tritt in den Salon, „Hoheit, Ihr habt geläutet?".
Unwirsch dreht sich der Erbprinz um.
„Nach wem denn sonst, Kammerzofe. Umsorgt die zukünftige Fürstin. Ab nun seit Ihr die Dienerin der Hoheit".
Mit einem Knicks geleitet sie die nun angehende Fürstin in ihr Gemach.
Mütterlich besorgt umarmt die Zofe Katharina-Eleonore, denn die lautstarke Order vom Erbprinzen hatte sie vor der Tür mitgehört.
„Verzeiht mir Eure Hoheit, ich hätte das nicht tun dürfen".
Überrascht, von der Fürsorge, mustert sie die Frau.

Eine stattliche Person. Die Augen sind freundlich und ehrlich.

„Wie nennt ihr Euch?".

„Johanna von… , nein, das ist Vergangenheit, zu Euren Diensten, Johanna" und macht einen Knicks.

„Verbeugt Euch niemals mehr vor mir. Ihr könntet meine Mutter sein. Ich werde nicht als Fürstin auftreten. Ich bin nur noch Tochter meiner Mutter. Sie hat mich Elea gerufen, nennt mich bitte auch so".

„Aber der Fürst...".

„Es ist mein Wille, Ich bin nur noch Elea. Lasst mich bitte allein" und wendet sich mit besinnlichem Blick dem Fenster zu.

In der Morgenfrühe weckt Johanna Elea. „Es ist soweit".

Sie eilt mit Johanna zum Fenster. Beide schauen mit stillem Blick in den Hof.

Paul-Friedrich führt ein Pferd am Zügel, oft um sich blickend, über den Schlosshof zum Torhaus.

Sein Gang ist zögerlich. Des Junkers Herz ist schwer.

Der Büttel hat ihm, beim Öffnen der Kerkertür, die Anweisung des Erbprinzen mitgeteilt, dass er unter Strafe sich nicht mehr dem Schloss nähern soll.

Andernfalls erwartet ihn wieder der Kerker.

Er kann das Geschehene noch nicht fassen.

Wir wollten nur die Heiratserlaubnis. Eingesperrt und gleich wieder frei. Was ist geschehen? Wo ist Katharina?

Verwirrt sind seine Gedanken, warum seine plötzliche Entlassung aus dem Kerker in die Verbannung erfolgt ist.
Der Junker Paul-Friedrich hat nichts von dem Handel Eleas erfahren.

Eleas Lippen formen ein gehauchtes „Lebewohl meine Liebe", hinunter in den Hof zu Paul-Friedrich.
Abschied ergreift das Herz.
Ihr Liebeskampf ist verloren.
„Lebt wohl, mein Glück. Im Himmel sehen wir uns wieder" und bricht in heftiges Schluchzen aus.

Johanna leidet mit ihr.
„Wie damals bei mir", flüstert sie in ihr Halstuch, Tränen kullern über Johannas Wangen.
Dann, entschlossen, abrupt dreht Elea sich zu Johanna.
„Johanna, bereitet alles zur Hochzeit vor. Bringen wir es hinter uns".
Johanna ist überrascht von dem Stimmungswechsel und erschrickt über den harten, brüsken Gesichtsausdruck der angehenden Fürstin.

Drei Tage später ist bereits die Vermählung des nun Fürst Otto-Leopold Cottlitz, mit der Fürstin Katharina-Eleonore von Borsydoy, angeordnet.

Am Nachmittag des nächsten Tages, trifft
Paul-Friedrich mit dem Pferd am Seeufer ein. Der
Fels vor der Behausung leuchtet in der
versinkenden Sonne.
Der Waldbewohner sitzt auf dem hohen Stein und
schnitzt mit dem Messer eine Spitze in den langen
Stab.
Aufschreckende Vögel und das bewegende hohe
Gras erregen seine Aufmerksamkeit.
Fritz ruft nach ihm und reitet mit dem Pferd aus dem
Schilf.
„Ei, du bringst ein Ross mit Fritz. Wo ist Katharina,
etwa eingetauscht?" und lacht.
Aber das Lachen bleibt ihm im Hals stecken, als er
die traurige Gestalt und das entmutigte Gesicht
sieht. Es verrät ihm, dass er schlechte Nachricht
mitbringt.
„Das Ross musste ich gegen Katharina
eintauschen". Bitternis liegt in der Stimme.

Der Waldmensch schweigt und versorgt das Pferd.
Später, beim Zusammensein löst sich Fritzens
Zunge und er berichtet vom Geschehen auf dem
Schloss.
„Wir hätten auf deinen Rat hören und hier im
geschützten Wald bleiben sollen. Jetzt habe ich
keine Wahl mehr und muss dem Schloss
fernbleiben, hier mein Dasein fristen.
Katharina werde ich nie wieder sehen. Alles ist
vorbei, es ist unser trauriges Schicksal. Im Kerker
wäre ich wenigstens in ihrer Nähe".
„Getrennt von ihr durch dicke Kerkermauern?

Das würdest du nicht bestehen, nur umsonst sterben. Sie hätte nie erfahren das du eingekerkert bist und könnte dir insofern nicht helfen.
Bleibe, hier bist du sicher. Ein Lebewohl ist immer schlimm, das müssen viele Menschen ertragen.
Aber die Zeit heilt Wunden. Morgen, in der Früh, werden wir durch die Wälder streifen, damit andere Gedanken deinen Kopf ausfüllen".
„Ja, da hast du Recht, Waldmann.
Waldmann, natürlich, endlich habe ich einen richtigen Namen für dich".
„Wenn du meinst. Nach einem Baum wäre mir der Name lieber. Eiche oder Esche, wie wäre es mit Holunder?". Sein dröhnendes Lachen rollt über den See, und Pauls Wehmut ist nicht mehr so bedrückend.
„Nein, ich hab's. Waldemar, der Name passt zu dir".
Die starken Arme halten Pauls Hände.
„Ja, der ist passend".

In der Zeit des Zusammenlebens und in der Sehnsucht von Fritz nach Elea, erweitern beide in den nächsten Monaten die Behausung.
Katharina-Eleonoras Namen erwähnen beide nicht mehr. Waldemar weiß um seinen Schmerz, er liegt ihm schwer auf der Brust.
Die abendlichen Gespräche bringen einander näher, und Fritz beginnt, in seinen Büchern zu lesen.
Die Zeit vergeht.

Langsam findet Paul-Friedrich sich in dem neuen Leben zurecht.

Irgendwann, abends am Feuer, öffnet er Waldemar sein Herz, beginnt dann doch über Elea zu sprechen.

„Wie es wohl Katharina-Eleonore geht? Haben sie geheiratet?".

„Beschwere nicht dein Gemüt damit, es wird immer weitergehen, blick nach vorne", ernst schaut ihn Waldemar an.

„Wollten wir nicht den Wald erkunden? Ich möchte tiefer hinein, mehr von der Landschaft wissen, Waldemar".

„Nun gut, in nächster Zeit ist Vollmond, da machen wir uns auf den Weg zu Herman".

„Du hast manchmal von ihm geredet, wer ist das?".

„Vor Jahren bin ich beim Sammeln von Waldfrüchten auf einen Jäger getroffen. Das war Herman.

Auch er war als Schafhirt in Diensten bei Cottlitz. Nach einem Streit mit dem feisten Marketender, hatte der ihn bezichtigt, ein Lamm geschlachtet zu haben. Den Verdacht unterbreitete er dem Fürsten. Tatsächlich fehlte aus seiner Herde ein Lamm. Herman vermutete, dass es von einem Raubtier gerissen wurde, denn er fand Blutspuren und verfolgte diese, ohne Ergebnis.

Fürst Cottlitz bestellte Herman zum Rapport. Er schenkte dem Marketender mehr Glauben und entließ Herman ohne Gnade aus den Diensten. Mitsamt seiner kleinen Tochter Eva, denn Hermans Frau war nach der Geburt von Eva, im Kindbett am Fieber, gestorben.

Nur mit dem Notdürftigsten versorgt, mussten beide das Schloss verlassen.

So streifte er mit der kleinen Tochter durch das Land. Mildtätige Menschen gaben manchmal auf ihrer Wanderschaft Obdach und Essen.
Bis der verwunschene Wald vor beiden lag.
Herman glaubte nicht den Erzählungen der Leute und hatte auch keine andere Wahl. So zog er mit Eva in den Wald. An geeigneter Stelle baute er einen Unterschlupf und später eine Hütte auf dem Hügel. Hier hatte er alles was er zum leben brauchte.
So erzählte er es mir damals.
Wo der Ort liegt, da kann ich mich nur noch dunkel erinnern. Nach dem Sonnenstand zu urteilen, mussten wir uns gen Westen getroffen haben, denn er kam aus dieser Himmelsrichtung.
Seitdem ist ja viel Zeit vergangen. Ob sie überhaupt noch leben?
Die Tochter bestimmt, denn sie war ja noch ein Kind. Wer weiß, erkunden wir ihr Schicksal. Wir werden Zeit dazu brauchen. Das Land ist groß".

Unendlich weit ist die Landschaft für Fritz. Wenn Waldemar nicht gewesen wäre, hätte er an Ort und Stelle in der Wildnis sein Dasein fristen müssen, aber wie? Wie ohne Katharina-Eleonore?
Der letzte Brief der Mutter. Wie es ihr wohl geht? Der kranke Vater. Kann Bruder August den Hof führen? und die entlobte Schwester Amalie. Die Gedanken an Wenn und Aber, kreisen in seinem Kopf, lassen ihn nicht los. Er schimpft mit sich.
„Das Leben geht weiter"!

Auf Cottlitz, nach der Hochzeit, wurde alsbald eine Schwangerschaft der Fürstin bekannt gegeben.
Johanna umsorgt fürsorglich, mit der Hebamme Adele, Elea.
Johanna von Marnim, die mit Elea fühlt, hat ein ähnliches Schicksal wie sie einst getroffen.
Verbannt aus dem Schloss vom Fürsten Cottlitz, weil sie einen Niederen liebte.
Auch er wurde in Ungnaden in die Ferne zu militärischen Diensten, entlassen. Sie hat ihn nie mehr wieder gesehen.
Später, nach dem Tode der Gattin des Fürsten, wurde sie aus der Verbannung wieder in Gnaden ins Schloss aufgenommen, aber in anspruchslose Dienste.

Nach den ersten Wehen bringen die zwei Elea versorgenden Frauen, nach leichter Geburt, einen Sohn zur Welt. Freude und Beglückung empfindet jedwede und legen das Kind in die Arme von Elea. Freudentränen fließen über die geröteten Wangen. Sie flüstert den Frauen lächelnd zu, „er soll Paul heißen, das ist mein Wille".

Adele berichtet dem im Vorzimmer wartenden Fürst Otto-Leopold von der Geburt des Jungen und dem Willen Eleas.
Erzürnt stürmt er zum Wochenbett, als er den Namen erfahren hat.
„Ihr einfältiges Komtesschen, mein Sohn wird nach meinem Vorfahren Ludowig, Otto-Casimir benannt.
Auch Eure gewünschte Titulierung durch die Dienerschaft an Euch, missfällt mir. Meine Geduld

mit Euch ist bald am Ende. Das Kloster wäre das Beste für Euch" und schlägt mit Wucht die Kemenatentür zu.

Elea vollzieht ihre Trennung vom Fürsten und zieht nach dem Wochenbett in das Turmzimmer. Dort stillt sie einige Wochen ihren Paul, wie sie ihn oft zärtlich nennt. Dann übergibt sie der Amme ihren Sohn.
„Bitte redet ihn mit Paul an, aber nicht im Beisein des Fürsten".
Ihn hat sie seit der Geburt nicht mehr erblickt.

In den Monaten ist ein tiefes, vertrauliches Verhältnis zwischen ihr und Johanna entstanden. Elea hat oft Johanna beobachtet und Zutrauen zu ihr erworben.
Der frische, nicht durch Etikette belastete Charakter hilft ihr in der Melancholie im Turmzimmer.
Immer, wenn es möglich ist, wenn der Fürst außer Haus ist, bringt sie für einige Zeit „Paulchen", wie Johanna ihn nennt, vorbei.
Eines Tages tritt Johanna, zur morgendlichen Toilette mit Elea, mit freundlichem Gruß, ins Zimmer.

„Johanna", antwortet schwach Elea und winkt sie an das Fenster zu ihrem Lehnstuhl.
Lange schauen beide schweigsam in die Landschaft, der herabsteigenden Sonne zu. Die Fürstin mit tiefsinnigen, glanzlosen Augen.
In weiter Ferne erblickt sie in der Einbildung den verwunschenen Waldrand. Sie sendet einen

schwebenden Schleier ihrer Liebe zu ihm, dem Vielgeliebten.

Leise murmelt sie, kaum verständlich. „Paul, meine Sehnsucht ist ungestillt, wann erlöst du mich. Ach, du darfst ja nicht! Aber ich brauche dich! Ist unsere Liebe vergeblich?

Ich komme zu dir".

Den letzten Satz versteht Johanna nicht, aber sie kann ihre sehnlichen Blicke lesen und will diese Traurigkeit unterbrechen. Beginnt mit der Bürste sanft über das feine Haar, das in dem Strahl der aufgehenden Sonne golden glänzt, zu bürsten.

Sie ist wie ein kleiner Vogel im goldenen Käfig gefangen, denkt sie.

„Verzeiht Elea, aber Ihr müsst Euch nicht in Sehnsucht nach dem Junker verzehren, von ihm lösen. Euer Sohn ist jetzt Euer Dasein, Fürstin".

Abrupt dreht sich Elea um, blickt sie ruhig an. Entschlossenheit hat sich über ihr Gesicht gelegt.

„Nennt mich nie mehr Fürstin, ihr habt Recht, es ist nur sehr schwer es zu ertragen".

Sie entnimmt ein Billett aus ihrem Brusttuch, überliest das Papier und faltet es sorgfältig zusammen.

„Unterbrecht bitte das kämmen" und öffnet den Verschluss der Halskette, legt sie auf den Schoss. Öffnet dann das Medaillon. Sorgfältig faltet sie das Papier und drückt es in das Medaillon.

Geheimnisvoll dreht sie sich zu Johanna.

„Beugt den Kopf zu mir".

Legt ihr die Halskette um und verschließt sie am Nacken. Das Medaillon schiebt Elea unter Johannas Brusttuch.
Ihre Miene wirkt nun entspannt, die Augen sehen tief in Johannas Gesicht, suchen ihren Blick.

„Versprecht mir bei Eurer Seele, mein Geheimnis in dem Medaillon zu bewahren und wenn Euer Ende nahen sollte, es Doktor Adamus auszuhändigen. Der soll es dann, wenn Paul herangewachsen ist, ihm übergeben".
Johanna ist es rätselhaft, warum sie die Trägerin des Medaillons ist. Tränen laufen über beide Frauenwangen.
„Ich gelobe es bei meiner Seele".

„Ich danke für Euer Mitgefühl, Johanna. Ich habe sonst keine Vertraute hier im Schloss. Setzt Euch, ich will Euch mein Herz öffnen und mein Geheimnis, das ich in das Medaillon eingelegt habe, mitteilen. Damals, als ich im Wald den Junker wiederum sah, bin ich seine Frau geworden.
Als wir danach auf dem Schloss beim Erbprinzen vorsprachen, um seine Heiratseinwilligung zu erlangen, ist mir übel geworden. Möglicherweise durch die Erregung.
Aber dann, nach den Festlichkeiten, fühlte ich eine Veränderung in meinem Leib und befragte Adamus. Nach kurzer Untersuchung, setzte er mich auf den Ohrensessel, und ich legte meine Beine auf die breiten Lehnen.
Fürstin, ich gratuliere Euch zur Mutterschaft. Wann hat der Fürst Euch beigewohnt, erst nach der

Hochzeit? Das war seine Frage. Ich bejahte diesen einmaligen Akt.

Da verschwieg er mir den Monat meiner Schwangerschaft. Wahrscheinlich war ihm klar geworden, dass der Erbprinz nicht der Vater sein konnte.

Er lächelte verschmitzt. „Nun denn, dann wird es eine Frühgeburt sein, das kann ich bestätigen".

Er ahnte es, aber nun wusste Adamus somit um meine Verbindung zu Paul-Friedrich.

Der Vater meines Sohnes konnte nur Paul-Friedrich sein!

Ich bitte Euch nun Johanna, tragt das Medaillon immer an Eurem Herzen, legt es nie ab. Kein anderer darf mein Geständnis lesen, denn Paul ist noch ein Kind, es könnte ihm schaden".

„Elea, ich werde es am Busen halten, aber warum übergebt Ihr es mir, Euer Leben liegt noch vor Euch".

„Befragt mich bitte nicht weiter, morgen in der Frühe steige ich vom Turm und gebe meine Zurückhaltung auf. Gute Nacht" und umarmt Johanna länger und inniger als sonst.

Verstört und Nachdenklich verlässt Johanna von Marnim das Turmzimmer.

„Schlaft gut zur Nacht, Fürstin Elea, das Medaillon ruht fest an mir".

Am Morgen klopft Johanna an die Tür, öffnet sie sachte.

Es ist kalt im Raum, das Feuer im Kamin ist noch nicht angemacht. Leise, um nicht zu stören, legt sie

die frische Wäsche auf die Kommode und schaut
kurz in das Schlafgemach.
Ihr Bett ist unberührt!

„Elea, wo seit Ihr?" ruft sie in Sorge.
Ein Fenster steht offen, deshalb ist es so kalt im
Raum, aber warum ist es geöffnet?
Sie eilt zum Fenster, um es zu schließen. Ihr Blick
wandert zufällig nach unten und erschrickt aufs
heftigste.
Ein scharlachrotes Tuch liegt ausgebreitet auf der
Wiese.
Johanna beugt sich weit aus dem Fenster.
Es ist Eleas scharlachrotes Kleid. Sie hat es oft
getragen.
Hastig rennt sie die gewundene Treppe hinab.
Ergreift eine Torwache am Arm und eilt zur Wiese.
Kniet auf dem Schleier nieder.
Behutsam, als könnte sie ihr wehtun, faltet sie das
Kleid am Kopf auf. Die geschlossenen Augen in
dem bleichen Gesicht der Fürstin liegen in
Johannas Armen.
Der Tod erlaubt, dass ihre Gesichtszüge zufrieden
erscheinen.

Johanna versteht jetzt, gestern hat sie Abschied
genommen von dieser Welt. Sie ergreift Eleas
schlaffe Hand und drückt sie fest auf das Medaillon
unter dem Brusttuch.
Unter Tränen wiederholt sie ihren Schwur.
„Ich habe es Euch versprochen. So werde ich es
auch halten". Schickt die fassungslose Wache zum
Doktor.

Mit seinem Assistenten trägt Adamus den Leichnam auf die Liege in sein Ordinationsraum.

„Ruft den Fürsten", befiehlt er im barschen Ton dem Helfer.

Der Doktor wartet bis er den Raum verlassen hat und berührt Johannas Hände.

„Johanna, ich nehme Euch in die Pflicht", ernsthaft schaut der Arzt ihr ins Gesicht.

„Es war ein Unfall, ihr wurde bestimmt schwindlig beim Öffnen des Fensters. Es war so, Johanna und nicht anders". Drückt eindringlich ihre Hände.

Tränen rinnen über ihre Wangen, aufschluchzend nickt sie zustimmend.

Dann streichelt er Eleas Wange.

„Du hast viel gelitten, Katharina-Eleonore von Borsydoy. Nun hast du dir deinen Frieden genommen".

Es klopft.

Otto-Leopold steht im Türahmen und schaut zur Liege.

Mit erstarrtem Gesichtsausdruck geht er zum aufgebahrten Leichnam, beugt sich zum Kopf, murmelt Unverständliches.

Adamus versteht nur Wortfetzen. „ ...nicht gewollt" und küsst die Stirn. Zieht ihr den Hochzeitsring vom Finger.

„Jetzt bist du frei, Baroness Katharina-Eleonore" und reicht Adamus den Ring.

Seine Augen stehen in Tränen.

„Schenkt ihn her, an wen Euch beliebt" und geht mit kleinen Schritten aus dem Raum.

Ein gebrochener Mann, der Fürst, nur zu spät,
denkt Adamus und gibt den Ring an Johanna
weiter.
Die weicht einen Schritt zurück.
„Nie und nimmer, ich bin mit einem Medaillon von
Elea beschenkt worden".
Adamus reicht ihn zum Gehilfen weiter.
„Nehmt ihn für Eure Braut und werdet glücklich
damit".

Unbeschreiblich ist die Trauer der Eltern über
Katharina-Eleonores Tod und sie erscheinen nicht
zur Beerdigung.
Nie mehr betreten sie das Schloss des Fürsten und
brechen jeglichen Kontakt zu ihm ab.

Regen erschweren Fritz und Waldemar die Wege
zu Herman.
Waldemar wechselt oft die Richtung. Manchmal
glaubt er, in die falsche Richtung zu gehen und sie
kehren um.
Aber am 3.Tag, als früh die Sonne am Firmament
strahlend aufsteigt und einen schönen Tag
verkündet, blicken sie von einem Hügel in die
offene, herrliche Landschaft.
Waldemar legt seine Hand ans Ohr.
„Horch, hörst du? Gesang, ein Mädchen singt. Es
kann nur die Tochter von Herman sein. Fritz, ich
denke, unsere Suche hat ein Ende. Er muss hier
leben. Ich hoffe es geht ihm gut".
„Ich höre nichts, deine Ohren sind weiter oben".

Waldemar nimmt Fritz unter die Arme und schwupp, hebt ihn auf die Schultern.

„Ja, jetzt höre ich auch den Gesang. Ein schöne Melodie, aber noch lieblicher die Stimme. Lass mich herab, eilen wir zu ihr".

Zufrieden brummelt Waldemar das gleiche Lied in den Bart, immer wieder die gleiche Melodie.

Auf der Wiese, vor einer mächtigen Eiche, kniet das singende Mädchen und schneidet Kräuter aus einem eingezäunten Garten.

Erschreckt steht sie auf und will wegrennen.

„Ich bin's", ruft Waldemar, „der Waldmann".

Sie hält inne, lächelt ihm zu und ihre Augen heften sich auf Fritz.

„Ihr seit nicht allein?".

„Du bist eine feine Jungfer geworden, dazu noch sehr schön, aber wo ist Herman?".

Sie errötet, „er ist am Holz sägen für den Winter, kommt mit mir", dabei beobachtet sie insgeheim Fritz aus den Augenwinkeln.

Waldemar steht vor der Hütte, ruft. „Seit gegrüßt Herman". Der legt überrascht die Säge auf den Holzbock.

„Euch wieder zusehen, ist eine Freude. Lange haben wir uns nicht mehr gesehen, oha, habt einen Burschen dabei. Darauf müssen wir einen trinken. Kommt, ich habe guten Kräuter destilliert" und zwinkert mit dem Auge.

„Deine Tochter ist groß geworden, als wir uns trafen sprachst du von einem Kind, aber jetzt, du kannst Stolz sein. Eine hübsche Jungfer ist sie jetzt. Das

Schicksal hat es noch gut mit dir gemeint" und klopft ihm auf die Schulter, dass er nach vorne taumelt.
„Eva ist mir sehr hilfreich in den Jahren geworden und hat meine Einsamkeit leichter gemacht. Nun, auf ein Krüglein, von ihr getöpfert!".
Eva tritt heran, „Vater, lasst es euch schmecken" und reicht Waldemar und Fritz die Becher.
Dabei beobachtet sie Fritz mit freundlicher Miene.
Nach einem Schluck, ringt er nach Luft, hustet.
„Phu, das ist ein Teufelszeug".
Die Gelächter der beiden Männer und Eva erschallen über die Lande.

Auf dem Schloss ist nach der Beerdigung von Elea Trübsal eingekehrt. In Otto-Leopold hat sich ein Sinneswandel vollzogen.
Seit dem Todesfall von ihr ist er in Seelennot geraten.
Selbstzweifel an seiner damaligen Handlung plagen ihn. Das Warum, was er so unnachgiebig und selbstherrlich von der Fürstin forderte, er kann es nicht mehr verstehen.
Seine Hoheitlichen Aufgaben als Fürst vernachlässigt er, sehr zum Verdruss von Fürst Leopold II.
Festlichkeiten und Einladungen nimmt er nicht mehr wahr und widmet sich vermehrt dem Sohn Ludowig, den von Elea getauften, Paul.
Eines Tages, im Salon, mahnt Fürst Cottlitz Otto-Leopold zur Neuvermählung an.
„Jahre sind ins Land gegangen. Nun ist der Augenblick gekommen, nach der unglückseligen

Zeit, dem Land endlich eine neue Fürstin zu präsentieren. Das Volk will es. Ihr könntet jede Jungfer haben, wählt bald".

„Hoheit, ich will es überdenken, aber mein Wunsch ist es, Euch mit der Jagdgesellschaft nächstens zu begleiten".

„Ihr? Das verwundert mich sehr, denn ihr habt noch nie Jagdgelüste gezeigt. Die Röcke waren Euch immer näher" und lacht.

„Nun gut, in den nächsten Tagen wird zur Jagd geblasen", lädt Cottlitz ihn ein.

Otto-Leopold wendet sich betreten ab.

„Ihr entschuldigt mich, Hoheit" und verlässt den Salon.

Am Tag der Jagd haben die Treiber bald einen stattlichen Hirsch vor die Jäger getrieben.

Die warten, mit anvisierter Flinte, auf eine Order des Fürsten Cottlitz.

Auf ein Zeichen von Otto-Leopold, sollen sie die Waffen senken. Leise nimmt er von einem Treiber die Lanze. Der Hirsch ist unruhig, sein Instinkt wittert Gefahr.

Fürst Cottlitz und die Jagdgesellschaft beobachten mit Spannung die aufgeladene Stimmung, verhalten sich ruhig.

Geduckt, mit nach vorne geführtem Spieß, schleicht Otto-Leopold dem Hirsch entgegen. Der will ausweichen, doch die Treiber lärmen ringsum, treiben das Tier zu Otto-Leopold.

Es ist unrettbar in die Enge getrieben.

Der stattliche Sechzehnender senkt, zu seiner Verteidigung bereit, das Geweih.

Die Augen von Wild und Jäger treffen sich einen kurzen Moment.

Schnaubend hält der Hirsch an, angriffsbereit.

Entsetzen bei den Jägern über Otto-Leopolds Tollkühnheit.

Mensch gegen Tier.

Beide stürmen gleichzeitig aufeinander los und erfahren noch den tödlichen Stoß ihrer Waffen.

Das Geweih dringt in des Fürsten Leib.

Gleichzeitig bohrt sich die Spitze vom Spieß den Hirschen zwischen die Beine ins Herz.

Das andere Ende vom Spieß rammt mit Wucht in dem Waldboden und zerbricht.

Die Jagdgesellen eilen herbei.

Mensch und Tier liegen vereint auf dem Waldboden.

Beides Blut vermischt sich und rinnt gemeinsam in die Erde.

Der Tod des Sohnes, verändert das Leben des Fürsten Leopold II.

Er wird lustlos, geht auf keine Festlichkeiten und gibt keine rauschenden Empfänge mehr. Keine Einladungen an die Jagdgesellschaften.

Es wird still um ihn.

Warum hat Otto-Leopold diesen Kampf angenommen? Das ständige Hinterfragen an sein Gewissen nagt in ihm, habe ich Fehler gemacht?

Leopold II. fasst bald den Entschluss, seine Nachfolgerschaft zu regeln und gibt Order, Johanna von Marnim, den Schmied Arco, Adamus den Arzt und Lehrer Wilhelm, zu einer Zusammenkunft zu bitten.

Die sind erstaunt über die Aufforderung, kommen freilich sogleich nach.

Leopold II. empfängt sie freundlich und zeigt sich Entschlossen.

„Ich werde meine Nachfolge derzeit bestimmen. Lange seit Ihr in meinen Diensten, daher habe ich in Euch großes Vertrauen. Meine Handlung sollt ihr nun bezeugen. Deshalb meine Vorladung.

Schreiber, seit Ihr bereit?" der am Tisch Sitzende erhebt sich und nickt.

„Ich bin bereit, Eure Hoheit, Fürst Cottlitz".

Leopold II. geht auf Johanna zu.

„Johanna von Marnim, ich will Euch um Verzeihung bitten, für Eure Verweisung aus dem Schloss. Es war Unrecht.

Als Vertraute meiner Schwiegertochter, der Fürstin, werde ich Euch zur Erziehung des nun 10jährigen Erbprinzen Ludowig, bestellen.

Als Beistand für Euch, habe ich Wilhelm und Arco bestimmt. Ebenso Adamus.

Schmied Arco, Ihr seid beliebt und vom Volk respektiert.

Als von mir eingeführter Bürgermeister werdet ihr von mir weiter befähigt, Gericht auf dem Schloss und auch in den Dörfern zu halten.

Das Wildbret von meinen Jägern soll dem Volk zugeteilt werden. Dabei ist der Bedürftigkeit der Empfangenden Beachtung zu schenken.

Wilhelm, ein Jeder sollte Lesen, Schreiben und ein Handwerk erlernen.
Adamus, als Dritter im Bunde, lege ich in Eure Hände, auf Reinlichkeit und die Gesundheit bei den Untertanen zu achten.
Außerdem verfüge ich dem Rentmeister, die benötigten Mittel bereit zu stellen.
Erzieht meinen Enkel mir, als einen würdigen und besseren Nachfolger, als sein Großvater es war.
Das ist mein Auftrag an Euch, nein, meine inständige Bitte".

Die Angerufenen beginnen umgehend, mit den vom Fürsten aufgetragenen Diensten.
Es ändert sich vieles im Leben auf Schloss Cottlitz.

Nach dem Tod des Fürsten Leopold II., wird Ludowig, mit dem 16. Lebensjahr, zum alleinigen Herrscher des Fürstentum Cottlitz, eingeführt.
Wohl vorbereitet von dem Lehrer Ludwig, dem Arzt Adamus und der Zofe und Vertrauten der Mutter, Johanna von Marnim, während Arco für Ordnung sorgt und als Führungskraft gerecht wird.

Wenn Johanna Ludowig zu Diensten ist, drückt sie hernach das Medaillon unter dem Brusttuch.
Die Erinnerung an den Treueschwur, den sie Elea gegeben hat und das Geheimnis, das es umgibt.

Die Jahre sind auch im Wald vorübergegangen.
Paul-Friedrich, den sie Fritz rufen und Eva sind
einander zugetan, haben sich in Innigkeit gefunden,
verliebt.
Waldemar ist aufgefallen, das beider Suchen und
Sammeln immer länger dauert, manchmal bis zum
Sonnenuntergang.
Ihre heimlichen Blicke zueinander, das zufällige
treffen der Hände, es ist Waldemar genug.
Beim Abendbrot guckt er Fritz eindringlich an.
„Fritz, wolltest du Herman was fragen?".
Herman hebt den Kopf vom Teller, „was will Fritz
mich fragen?".
Fritz steht verlegen auf.
„Herman, Eva und ich wollen zusammen bleiben.
Mit deiner Erlaubnis heiraten.
Jetzt ist es heraus".
Eva rutscht näher zu Fritz, umarmt und küsst ihn.
„Das wurde auch Zeit, endlich", erfreut es
Waldemar. „Und ich richte Euch die Hochzeit, das
wird ein Spaß".
Herman ist aufgewühlt, nickt und versteht doch kein
Wort. Seine kleine Tochter Eva ist flügge, von
einem Mann zur Frau begehrt!

Bald hat die Waldfamilie Nachwuchs. Eine Tochter
wird geboren.
Natürlich ist Waldemar der Gevatter.
Vorsichtig fasst er das kleine Wesen mit seinen
großen Händen an und tauft das Mädchen mit dem
kalten Wasser aus dem See.
Auf den Namen Eva-Marie.

Kein Geschrei ist von dem Kind zu vernehmen, es lächelt sogar Waldemar an, als das kalte Wasser über ihr Köpfchen fließt.

„Seht her, sie ist ein Waldkind, das Wasser scheut sie nicht. Sie wird stark sein im Leben" und zeigt die Kleine her.

„Sei vorsichtig mit dem Kindchen, Gevatter", schmunzelt Eva und trocknet ihr Köpfchen.

Nach der Taufe tritt Herman Waldemar zur Seite.

„Waldemar, mein Alter drückt mich langsam, es wäre gut, wenn du für immer hier bleibst, in unserer Familie lebst, wie Fritz".

„Ja, ich habe schon daran gedacht, aber ich…"

Herman unterbricht ihn. „kein aber, du gehörst zu uns. Genau wie Fritz. Der bleibt, für ihn geht es nicht mehr zurück ins Schloss.

Was sollte er dort auch tun? Das Leben ist dort weitergegangen, und die Jahre haben alle Wunden verheilt. Er ist mit Eva glücklich geworden.

Unsere Familie ist nun perfekt".

Fürst Ludowig hat die Volljährigkeit erreicht und handelt umsichtig auf dem Schloss, beraten von Wilhelm, Arco und Adamus.

Die Jahre eilen dahin.

Eva und Fritz leben ein zufriedenes Leben im Wald und sehen wie ihre Tochter Eva-Marie heran wächst.

Wenn sie vom sammeln kommt, ruft sie immer freudig über den See.
Eines Tages schallt ihr Ruf wieder über den See.
„Ich komme. Der Korb ist voll".
Vollbeladen mit Pflanzen, Beeren und Pilzen stellt sie den Korb stolz vor ihre Füße. „Schaut mal, wie fleißig ich war".
Waldemar ist in Sorge, beachtet die Ernte beiläufig.
„Eine reiche Ernte meine Liebe".

Beim Abendbrot, stellt Waldemar sein Gefühl in den Raum.
„Fritz, oft wagst du dich an den Waldrand. Ich habe es bemerkt. Denk an damals. Cottlitz könnte dich von seinen Jägern noch suchen lassen, denn seine Ehre wurde verletzt. Nimm dich in Acht".
„Waldemar, nach so vielen Jahren, nein, das glaube ich nicht. Und wenn, wir leben hier sicher in dem verwunschenen Wald. Keiner wird ihm folgen",
grinst Herman.
Fröhlichkeit klingt über die Landschaft und erschreckt die Vögel.
Eva schaut Waldemar gedankenvoll an.
„Ja, an deine Sorge habe ich manchmal gedacht Waldemar. Fritz hat mich im Wald einmal gefragt, ob er nach den Jahren einen Besuch auf dem Schloss machen sollte. Wie es Katharine-Eleonore geht und den anderen die er kannte. Meinst du, er dürfte sich wieder sehen lassen?".

Waldemars Gesichtsnarbe verzieht sich, also doch. „Mein Rat war damals von den beiden nicht beachtet worden. Wie es heute ist, Fürst Otto-Leopold ist nachtragend. Aber wenn du willst, begleite ich dich zum Schloss" und blickt Fritz fragend an. Der zögert, schaut Eva an.

„Ich würde gern wissen, wie das Leben im Schloss in den Jahren abgelaufen ist" und ergreift Evas Hand.

„Eva habe ich von dem Junkerleben erzählt, das ist vorbei. Sie versteht mein Wollen. Vielleicht vergibt mir nach dieser langen Zeit Fürst Otto-Leopold?".

Herman zweifelt, „wenn du dich da nicht vertust".

Eva ist getrost, „er kommt zu mir zurück, wir haben uns damals versprochen. Wir wollen hier weiter mit Eva-Marie leben. Das haben wir uns gelobt".

Eva-Marie, wird hellhörig.

„Wer ist ein Junker gewesen?". Neugierde ist bei ihr entflammt. „Was ist ein Fürst?".

Eva streichelt ihr seidenes Haar, „komm mit mir zum See, ich werde dir alles erklären".

Die Männer blicken dem Paar nach.

Waldemar ist stolz.

„Sie ist herangewachsen, eine hübsche Maid, wie ihre Mutter. Ich bin ja auch der Gevatter".

„Ja, und ich bin der Großvater", Herman stößt Waldemar in den Schenkel.

„Und ich, ich bin der Vater", lacht Fritz.

„Ja, ja, Herman. Auf deinen Tochtermann ist Verlass" und Waldemar klopft Fritz auf die Schulter, sodass er hustend nach vorne strauchelt.

Nach herzlichen und innigen Abschied ziehen die
zwei Männer im Morgengrauen, begleitet von
besten Wünschen, von dannen.
Mit der Morgensonne, begleitet von
aufgeschreckten Rufen der Eichelhäher,
entschwinden sie in den Wald.

In der Abenddämmerung des nächsten Tages
erreichen sie die Felsbehausung von Waldemar.
Am nächsten Tag ziehen sie weiter.

Während die Waldfamilie ihrem unbesorgten Leben
folgt, ist man auf dem Schloss sehr besorgt.
Johanna ist schwer erkrankt und bittet Adamus zu
einem Gespräch.
Sie will, wie es einst Elea bestimmte, das
Geheimnis von Ludowig, preisgeben.
Adamus sieht keine Hoffnung mehr für sie und
entspricht ihrem letzten Willen.
Dann bittet er Fürst Ludowig, Arco, Adele und
Wilhelm an ihr Sterbebett.

Geschwächt, im Beisein der Anwesenden, nestelt
sie am Brusttuch und zieht das Medaillon von Elea
hervor. Mit zitternden Händen übergibt sie es
Ludowig.
„Verzeiht meine direkte Ansprache an dich, aber
meine Zeit endet bald. Du warst mir wie ein Sohn.
Paul, habe ich dich manchmal versehentlich
genannt, zu deiner Überraschung.
Der Name, den deine Mutter nach der Geburt, dir
gegeben hat. Adele ist Zeugin gewesen.

Elea hat den Junker Paul-Friedrich sehr geliebt und an der Trennung von ihm schwer gelitten, denn er wurde von Otto-Leopold in den Kerker geworfen. Sie musste sich dem Erbprinz versprechen, im Tausch für die Freilassung von Paul-Friedrich. Unter Strafandrohung, das Schloss nie wieder zu betreten, ließ ihn der Erbprinz frei. Wilhelm kann dir zusätzliches berichten".

Ihre Stimme wird leiser. Adele richtet sie im Bett etwas auf.

Johanna lächelt zart.

„In einer stillen Stunde übergab Elea mir ein Medaillon. Sie wünschte, dass ich dir das übergebe, bevor ich aus dieser Welt scheide. Öffne es, eine Nachricht liegt darin für dich von deiner Mutter, der Fürstin".

Fürst Ludowig ist betreten, zieht die Augenbrauen hoch, gefühlvoll öffnet er das Schmuckstück und breitet das Papier auf das Krankenlager aus, liest. Sein Gesicht legt sich in Falten, arbeitet, der Atem geht schwer.

„Mein Vater, ein Junker? Johanna, treue Seele, wie kann ich dir nur für die Bewahrung danken" und küsst sie auf die bleiche Stirn.

„Fürst, es ist da noch von ihrem Tod zu berichten…"

„Verzeiht, Eure Hoheit", unterbricht Adamus das Gespräch.

„Sie ist zu schwach. Ich werde Euch weiteres zum Tode von Eurer Mutter bekannt geben",

„Ja, ich verstehe. Entschuldigt mich, es ist so unglaublich" und verlässt den Raum.

Johanna ist befreit von ihrem Schwur und verschied friedlich noch in der folgenden Nacht.

Fürst Ludowig hat sich in das Turmzimmer der Mutter zurückgezogen, sinniert über das Geschehene. „Otto, Casimir, oder Paul? Wie soll ich mich nennen?
Bin ich noch Fürst, kann ich es noch sein. Fragen über Fragen und dann, wo ist mein leiblicher Vater, lebt er noch und wo?".

Am frühen Morgen ruft er die Vertrauten vom gestrigen Tage zusammen.
„Adamus, habt Ihr mir noch etwas zu sagen? Ich hatte den Eindruck".
„Ja, mein Fürst".
„Bin ich denn noch der Fürst, nach dem Schriftstück?".
„Aber ja", wirft der nun Amtsverwalter Arco ein.
„Ihr seid von Hoheit Leopold II. eingesetzt und nur das gilt".
Adamus geht ans Fenster, spricht gegen die Glasscheibe.
„Fürst Ludowig, Eure Mutter ist mit großem Liebesleid aus dem Turmfenster gegangen. Der Junker und sie hatten einen Hochzeitsantrag beim Fürst gestellt.
Der war in seiner Ehre getroffen. Er beanspruchte das Adelsvorrecht zur Hochzeit mit ihr.
Der Erbprinz ließ den Junker, ob seiner Anmaßung, daraufhin in den Kerker werfen. Aber die Erbgräfin verweigerte sich und seinem Anspruch.

Otto-Leopold stellte sie vor die Wahl. Sie müsse ihn heiraten, ansonsten würde der Junker im Verließ verbleiben.

Eure Mutter hatte keine Wahl, bestand aber, wenn sie einwilligt, auf seiner sofortigen Freilassung.

Ihr versteht nun, diese Entscheidung schmerzte der Mutter damals sehr. Nur so konnte sie das Kind der Liebe von Paul-Friedrich zur Welt bringen. Meine damalige Untersuchung bestätigte die Schwangerschaft vor der Hochzeit".

Der Arzt wendet sich zu ihm um, ergriff seine Hände.

„Sie zerbrach an der Liebe zu dem Junker Paul-Friedrich, Eurem Vater".

„Danken muss ich Euch allen, die ihr Zeugen gewesen seid, dass Ihr das Vertrauen meiner Mutter in Euch, über die lange Zeit bewahrt habt. Am Abend bin ich in mich gegangen.

In Zukunft trage ich den Namen Paul-Ludowig und mache mich auf die Suche im Reich nach meinen Vater, des Weiteren verbitte ich mir die Anrede Euer Gnaden und Hoheit und möchte nur noch als Herr tituliert werden".

Arco weist auf einen möglichen Aufenthaltsort hin.

„Wir wissen, er soll in dem Wald leben, der dem Volk unheimlich ist".

„Gut, dort will ich meine Suche beginnen. Wenn mein Vater dort im Wald leben kann, wird es auch für mich gut sein".

Mit Lehrer Wilhelm und den Jägern, berät er über den Plan zur Suche, bevor er aufbricht. In zwei

Tagen will er mit einigen Landsknechten und Jägern losziehen.

Am gleichen Tag, bevor Paul-Ludowig aufbricht, treten Paul und Waldemar, gekleidet als Bauern, durch das Torhaus.
Misstrauisch beobachten die Wachen ihren Eintritt
Der Große ist ihnen bedrohlich.
„Was ist Euer Begehr?".
„Wir wollen zum Schmied Arco, haben einen Auftrag für ihn, denn wir brauchen eine neue Pflugschar", lügt Fritz.
„Was habt Ihr Bauern schon für Aufträge, wartet hier", feixt eine Wache.
„Erst werden wir beim Fürsten Meldung machen".

Der Fürst Paul-Ludowig ist mit den Vertrauten in Unterredung zugange und über die Störung durch den Lakaien nicht erfreut.
„Herr, eine Wache möchte Euch Meldung abgeben".
„Ist es so dringlich?".
„Ja Herr, sie haben an der Torwache zwei Bauern angehalten. Einer soll so groß sein, wahrlich wie ein Riese."
„Ein Riese? Nun gut, machen wir es kurz, stellt sie ein".
Die Wachen geleiten beide in ihrer einfachen Kluft in den Saal.
„Wartet hier auf den Fürsten, wir bleiben in Eurer Nähe".
Fritz schaut sich um, es ist noch wie früher.
Sein Blick bleibt an zwei Gemälden an der Treppe stehen.

Das Gemälde von Katharina-Eleonores Großvater.
Das Bild, unter dem sich einst ihre innigen Blicke
trafen. Daneben, von einem Trauerband
umschlungen, ein Bildnis von seiner Liebe.
Ihre Augen blicken schwer aus dem verhärmten
Gesicht, liegen scheinbar auf dem Bild daneben,
gehen aber ins Leere, in den Saal.

Das Trauerband, sie lebt nicht mehr!

Versunken in die aufsteigenden Bilder der
Erinnerung, starrt Paul-Friedrich gedankenschwer
auf das Bild. Er bemerkt die Eintretenden nicht.
Er hört auch nicht die Frage des Fürsten Ludowig
an ihn und tritt erwartungsvoll an Fritz heran.
„Bauer, kennt ihr das Gemälde? Kommt es Euch
bekannt vor? Wisst ihr wer die Dame ist?".
Fritz schreckt auf.
„Eure Hoheit" und schaut ihn nachdenklich an, dann
wieder auf das Gemälde.
„Eure Hoheit, ihr seht der Frau ähnlich. Dieses
Antlitz werde ich nie vergessen. Ist das Eure
Mutter?".
Wilhelm ist wie vom Donner gerührt, eilt zu ihm,
umarmt den Überraschten.
„Diese Ähnlichkeit, sie ist mir gleich aufgefallen.
Verzeiht mir, Paulchen, Euch wieder zusehen ist mir
eine große Freude. Erzählt, wie ist es Euch in den
langen Jahren ergangen ist" und nimmt ihn mit ans
Fenster.
Verwundert steht der Fürst im Raum, ob des
ungebührlichen Verhaltens von Wilhelm.
Er ist sprachlos.

Wie konnte der Unbekannte den Wilhelm so in Bann ziehen?
Der Fremde kommt nicht zum Sprechen, denn eindringlich redet Wilhelm gestenreich auf ihn ein.
Paul-Ludowig versteht nur Bruchstücke des Gesprächs. Ereignisse über seine fürstliche Familie. Er mischt sich ungehalten ein.
„Was hat der Mann mit meiner Familie zu schaffen, redet Wilhelm!".
Irritiert von der Unterbrechung seines Redeflusses, schaut der alte Lehrer ungläubig den Fürsten an.
„Seht ihr nicht Euer Bild neben Eurer Mutter an der Wand. Schaut genau hin. Denkt an das Medaillon!".

Unbeachtet der Frage von Paul-Ludowig, wendet er sich wieder Paul-Friedrich zu.
„Dieses Antlitz von Elea, vergleicht es mit Eurem, es steht neben Euch Paul-Friedrich!
Es ist Euer Sohn Junker Paul-Friedrich, der Fürst Paul-Ludowig!".

Er schaut zu den Bildern am Treppenaufgang, der Vergleich ist ihm unglaublich.
„Von der Seite, man sieht Eure Nase", drängt Wilhelm weiter, „sie gleicht der Nase des Fürsten Paul-Ludowig. Ihr seit sein Vater, so steht es auch in dem Medaillon!".
„Welches Medaillon? ich kenne keines, erklärt mir das Lehrer Wilhelm".
Er ezählt die Geschichte von der unglückseligen Liebe der Komtess Katharina-Eleonore zu dem Junker und was danach vorgefallen ist.

Paul-Friedrich stellt sich vor Paul-Ludowig.
Zögerlich, sanft streifen seine Finger über das
Antlitz.
„Ich war damals der Junker Paul-Friedrich.
Ja es war so, wie Wilhelm berichtet. Ich habe in all
den Jahren nichts gehört, was im Schloss
vorgefallen ist. Nichts von dem Tode der Geliebten
erfahren. Aber", umarmt ihn, „du bist mein Sohn",
seine Augen werden feucht vor Freude.
„Es ist so lange her.
Im Wald habe ich dann Eva, die Tochter von
Herman kennen gelernt und geheiratet. Unsere
Tochter, Eva-Marie kam auf die Welt.
Auch Herman hatte damals das gleiche Schicksal
erlitten wie ich. Wurde von Cottlitz nach Lug und
Trug aus dem Schloss verbannt. Mein Begleiter
Waldemar wurde als Säugling aus dem Schloss am
Wald ausgesetzt. Das Volk glaubte, er sei verhext
geboren, weil sein Wuchs abnorm war".
„Waldemar, Fritz, Herman, gleichartige
Bedrängnisse. Und doch meint es das Schicksal
wieder gut mit euch", erfreut es Paul-Ludowig.
„Unser Leben ist oft sonderbar, unergründbar sein
Lauf.
Eine Gleichheit unter uns ist entstanden. Ich möchte
nun deine, jetzt auch meine Familie zusammen
führen. Meine Reiterei soll deine Lieben herbei
holen".

Waldemar, der die ganze Zeit schwieg, richtet sich
in seiner imposanten Größe auf.
„Deine Reiter werden sich im Wald verirren. Fritz
und Elea hatten damals nur das Glück, auf mich zu

treffen. Ich verbringe euch Herman, Eva und Eva-Marie ins Schloss".

Beeindruckt von der imposanten Gestalt, ist er leichtherzig einverstanden.

„Nimm wenigstens zwei Wachen und Pferde mit", bietet ihm Paul-Ludowig an.

Brummelnd macht sich Waldemar zum Lager der Wachen auf.

Sie beobachten aus dem Fenster des Saales den Ausritt mit der Wachbegleitung durch das Schlosstor.

Arco bewundert Waldemar. „Den könnten wir gut in der Schmiede gebrauchen. Vielleicht mit meinem Sohn als meine Nachfolger".

„Der bleibt gewiss im Wald Arco", Paul-Friedrich ist ohne Zweifel.

Eva, Eva-Marie stehen nach Tagen ihres Aufbruchs, mit den zwei Wachen vorm Torhaus.

Aber ohne Waldemar und Herman.

Mutter und Tochter haben schon aus weiter Ferne den Prachtbau gesehen und bewundert.

Fahnen umwehen in dem sonnigen Himmel die Mauern.

Der Trompetenstoß der Torwache kündigt sie an.

Im Palast ist ihre Ankunft ungeduldig erwartet worden.

Gespannt treten Mutter und Tochter in den Schlosshof. Erwartungsvoll, freundlich begrüßt von den Bewohnern. Ihr angekündigter Besuch hat sich

herum gesprochen und sie wissen um die
Vergangenheit des Junkers und der Fürstin.

Auf der breiten Vortreppe eilt Paul-Friedrich auf sie
zu, schließt beide in die Arme, während Paul
Ludowig verhalten die neue Schwester beobachtet.
Eine sehr hübsches Mädchen und besitzt eine
gewisse Ähnlichkeit mit unserem Vater!
„Endlich seid Ihr hier, aber wo sind Herman und
Waldemar?", fragt Paul.
Bevor Eva ihm antworten kann, zupft Eva-Marie den
Vater keck am Ärmel.
„Wer ist der Mann an der Treppe?".
„Das ist Fürst Paul-Ludowig, dein Halbbruder!".
Couragiert geht sie sogleich zu ihm.

Sie ist verlegen. „Ich bin Eva-Marie". Sie errötet.
„Wie darf ich dich ansprechen?". Verzeihung, Euch
ansprechen" und blickt ihm lächelnd in die Augen.
Er ist nun der Verlegende, was soll er ohne
Umschweife antworten? Ich denke, sie ist unser
würdig hier im Hofstaat zu leben.
Entschlossen fasst er ihre zarten Hände.
„Ihr seit also meine anmutige Schwester und auf
das herzlichste Willkommen, Eva-Marie.
Nenne mich nur Paul-Ludowig, oder wie der
Waldmann gesagt hätte, Paule".
Sie drücken ihre Hände in Treue fest.
Einvernehmen zwischen den Geschwistern ist
wohlgefügt worden.
Von der Freitreppe beobachtet die Geschwister seit
einiger Zeit ein junger Mann, mit erhöhter
Aufmerksamkeit.

Es ist Siegfried, der Junker des Fürsten.
Paul-Friedrich nimmt Eva an die Hand und fragt
noch mal nach Waldemar und Herman.
„Er und Vater bleiben im Wald. Sie leben jetzt
gemeinsam in unserer Hütte und ich denke, sie
wollen es so. Nach ihren Erfahrungen mögen sie
den Hof nicht. Das verstehst du doch, mein Fritz"
und lacht.
Paul-Ludowig geht mit Eva-Marie zu Eva.
Verbeugt sich galant vor ihr.
„Ihr seit die Mutter meiner attraktiven Schwester
und nun auch meine Mutter", küsst ihre Hand.
„Nennt mich Eva, und ich will dir eine Freundin sein.
Eure Mutter Elea kann und will ich nicht ersetzen.
Sie hat so viel erlitten". Geht auf die Zehenspitzen
und küsst seine Wangen, flüstert ihm ins Ohr, „mein
Sohn".

Junker Siegfried schlendert die Treppe herab,
gesellt sich diskret neben seinen Herrn.
Der merkt auf, „das ist mein Junker Siegfried. Er hat
adliges Blut und soll bei mir den Umgang mit dem
Volk erlernen. Eine prächtige Zukunft steht ihm
bevor".
„Eure Hoheit, mit Verlaub, sie übertreiben",
selbstbewusst verbeugt sich der Junker den
Damen.
Paul-Friedrich hört aus der Nähe den
herablassenden Stolz in der Stimme und
beobachtet auch die begehrlichen Blicke auf Eva-
Marie.
Argwohn steigt in ihm auf. Sein Verhalten. Wie
damals der Fürst Otto-Leopold!

Junker Siegfried zeigt sich in den nächsten Tagen sehr bemüht und besonders höflich, führt die Familie durch das Dorf und ums Schloss.
Schmerzliche Erinnerungen berühren Paul-Friedrich, als sie durch den Garten spazieren.
Eva bemerkt seinen Tiefsinn, weiß um den Garten, drückt ihm die Hand.
Sie kommen an die Schmiede.
Das hämmern macht Eva-Marie neugierig.
„Was ist das? Gehen wir hinein".
„Ach was, es ist nur schmutzig darinnen und heiß, gehen wir vorbei", fordert Junker Siegfried im bestimmenden Ton.
Eva-Marie schaut, von dem Ton erstaunt, dem Junker in die Augen.
„Verehrter Herr Junker Siegfried, ich werde hinein gehen".
Verblüfft ist nicht nur der Junker über den energischen Ton, sondern auch ihr Vater.
Eva lächelt im Stillen. Wer im Wald groß geworden ist, kann sich durchsetzen.
„Gut, wir warten", findet der Junker wieder die Contenance.

Hitze, Kohlenrauch umgibt sie beim Zutritt.
Der Schmied hält mit der Zange ein rot glühendes Eisen auf dem Amboss.
Ein junger Mann schlägt mit dem schweren Hammer auf das Eisen. Dann steckt Arco es zurück in die Esse, während sein Gehilfe sich mit dem Ärmel den Schweiß von der Stirn wischt.
Eva-Marie geht selbstbewusst zu dem Burschen.
Sie haben den Besuch nicht bemerkt.

„Darf ich mal den Hammer anheben?".
Beide Männer sind verlegen.
„Es ist schmutzig hier, denkt an Eure Kleidung",
stottert er.
„Ich bin Eva-Marie" und streckt die Hand dem
Burschen entgegen. „Wie heißt du"?
„Arnfried ist mein Name. Der Schmied ist mein
Vater. Ich kann Euch nicht die Hand geben, sie ist
schmutzig"
Sie ergreift einfach seine Hand, drückt sie fest.
„Arnfried, klingt schön, passt zu dir. Du machst
ehrliche Arbeit, die beschmutzt mich nicht".
„Eva-Marie", ruft die Mutter ungeduldig in die
Schmiede, „wo bleibst du?".
„Ich komme gleich" und zu Arnfried gewandt, „Eure
Schmiede gefällt mir, bis bald" und setzt ihr
bezauberndes, schelmisches Lächeln auf.
Da bahnt sich was an, glaubt der Schmied zu
erkennen, das kann nicht gut gehen.
„Hallo", ruft Arco zum Sohn.
„Das Eisen glüht, wir müssen weiter machen!".
Und reißt Arnfried aus der Geistesabwesenheit.
„Hör auf zu träumen. Dein Platz ist in der Schmiede"
und legt das feurige Eisen auf den Amboss.

In den nächsten Tagen sucht der Junker Siegfried
oft nach Eva-Marie und befragt die Dienerschaft, wo
sie sich aufhält.
Sie lässt sie sich von den Bediensteten verleugnen
und geht ihm aus dem Weg. Seine Komplimente
und Galanterien, während des Essens und im
Salon, nerven sie.

Eva bemerkt die Kühle ihrer Tochter zu dem Junker und versteht ihre Abweisung nicht. Sie sucht, eines Abends im Schlafgemach von Eva-Marie, nach Klärung.

„Der Junker macht dir den Hof, warum lehnst du ihn ab. Er ist vom Hochadel".

„Und wenn er der Königssohn wäre, ich mag ihn nicht. Wenn ich ihn sehe, geht von ihm eine Gefühlskälte aus. Anders ist es bei Arnfried in der Schmiede. Bei ihm verspüre ich Herzenswärme".

„Du warst wieder in der Schmiede? magst du ihn so sehr? Du bist doch nicht in Arnfried verliebt?".

„Ich weiß es noch nicht, aber seine Nähe ist mir lieb".

Verständnisvoll streichelt Eva über ihr feines Haar, „wir Vertrauen dir, es wird sein, wie dein Gefühl sich entscheidet".

Immerzu beobachtet nun der Junker Siegfried Eva-Marie und steigt ihr, versteckt hinter Büschen und Hausecken, nach. Er will sie alleine antreffen, wartet eine günstige Gelegenheit ab.
Eva-Marie kann sich oft des Gefühls nicht erwehren, dass sie verfolgt wird.

Aber eines Tages, in der Dämmerung, es dunkelt bereits, taucht wie aus dem Nichts Siegfried auf. Endlich ist er allein mit ihr und verstellt den Weg.

„Na, angehende Gräfin, wohin des Wegs? Ich kenne Euren Weg und werde Euch führen" und packt sie am Arm.

Entrüstet lehnt Eva-Marie ab.

„Keineswegs wisst ihr meinen Weg, auch bin ich keine Gräfin".

„Aber mit mir werdet ihr in den Hochadel gelangen", packt noch fester zu. Erbost tritt Eva-Marie gegen sein Schienbein, reißt sich los und rennt zur Schmiede.

Unter Schmerzen folgt ihr humpelnd der Junker nach, ruft hinterher, „ich werde Euch noch kriegen".

„Wen werdet ihr kriegen, Junker Siegfried", fragt eine Stimme aus dem Halbdunkel.

Mit verschränkten Armen steht Arnfried unter einer Laterne.

Er war auf dem Weg zur Schmiede.

„Was willst du Gesindel, aus dem Weg" und greift nach dem Degen.

Schnell huscht Arnfried mit dem Stock heran und schlägt den Degen aus der Hand.

Der nächste Hieb landet auf dem Hinterteil des Junkers, auch der folgende und übernächste.

Das Rückenteil unter Verwünschungen sich reibend, schleppt der Junker sich davon.

„Danke mein Retter", tritt Eva-Marie aus dem Halbdunkel und küsst Arnfried auf die Wange.

Erschreckt über ihre Unbesonnenheit, eilt sie erregt zum Schloss.

Arnfried streichelt in der Schmiede noch oft seine Wange.

Am Morgen sitzt Junker Siegfried mit schmerzvollem Gesicht an der Frühstückstafel.

„Nun, mein Junker, geht es Euch nicht gut?", lächelt Paul-Ludowig ihn an.

Alle blicken fragend zu ihm, wissen nicht, was die Fragestellung soll.

Der Fürst ist vom Schmied Arco am späten Abend von dem Vorfall augenblicklich unterrichtet worden, damit für Sohn Arnfried keine Nachteile von Siegfried entstehen können.

„Ihr wolltet uns heute überraschend verlassen, wie Ihr mir mitteiltet", spricht der Fürst ihn mit Nachdruck an und schaut Junker Siegfried scharf in die Augen.

Er erstarrt, staunt auf, schluckt und dann sehr zögerlich senkt er den Kopf.

„Ja, wie Ihr denkt".

„Eure Hoheit", fügt Paul-Ludowig hinzu.

„Nun, es war Euer Wunsch, ich entspreche ihm. Meine Referenz werde ich zum Hofe senden".

Mit hochrotem Kopf erhebt sich der Junker jählings und verlässt ohne Gruß den Salon.

„Lebt wohl", ruft Paul-Ludowig ihm nach.

„Die Entlassung vom Junker ist nun aus der Welt, aber wie denkst du Eva-Marie, über den überstürzten Fortgang des Junkers?".

Eine leichte Röte überzieht ihr Gesicht, als sie in die Tafelrunde schaut.

„Ich bin durchschaut. Aber wer hat dich unterrichtet von dem Vorfall? Ja, ich mag ihn, den Schmied Arnfried".

„Wen magst du, was ist mit dem Junker, Paul-Ludowig?". Der Vater ist verwirrt.

Eva nickt verständnisvoll, „die Männer erfahren alles zuletzt, wohl auch Arco ", und lächelt die

Tochter an. Paul ist unruhig, „was erfahren wir zuletzt?".

Paul-Ludowig lenkt ab, „Der Sohn von Arco, unserem Schmied, ist ein feiner Kerl.

Er hat den Schriftzug in Kalligraphie am Grabstein meiner Mutter angebracht. Die vorhandene Inschrift war mir zu anspruchslos. Auch Arco war meiner Meinung, aber wie sollte man das ändern? Einen Vorschlag wollte er einbringen. Doch die Angelegenheit wurde anders gelöst. Wendet Euch an Arco, er wird Euch sagen, wie der Schriftzug entstanden ist. Ach ja, nehmt Eva-Marie mit zur Schmiede" und lächelt viel sinnig.

„Ja, es ist eine sehr schöne und feine Arbeit. Gemacht von einem Künstler, hat Arco dies geschaffen?", fragt ihn Paul.

Unvermittelt fällt Eva-Marie in die Unterredung.

„Ja, gehen wir gleich in die Schmiede, zu ihm", dabei überzieht das Gesicht erneut eine sanfte Röte, wie der Bruder lächelnd feststellt.

In der Schmiede arbeitet Arnfried alleine. Der Vater kommt herein, nimmt ihm den Hammer aus der Hand, unterbricht seine Arbeit,

„Ich höre dich schon den ganzen Tag dengeln an dem Harnisch, was ist los mit dir?".

„Herr Vater, ich habe euch gestern, nach dem Vorfall, nicht die ganze Wahrheit gesagt. Sie hat mich als Dank auf die Wange geküsst".

„Lass ab von Ihr, sie ist eine Hochwohlgeborene", dringt er in den Sohn.

„Wer soll ablassen, von welcher Adeligen. Doch wohl nicht Arnfried?".

Die Stimme aus der Tür tritt in die Schmiede, vor
den Amboss. Es ist Eva-Marie mit den Eltern.
Sie geht beherzt zu Arco, zieht an seinem Bart und
damit den Kopf zu sich.
Auf den Fußspitzen flüstert sie ihm ins Ohr.
„Ich hab ihn lieb".
Verdutzt richtet sich Arco in der ganzen Größe auf.
Schweigt, überlegt, dann winkt er mit dem
Zeigefinger den Sohn zu sich.
„Du weißt, was du tun musst, meinen Segen habt
ihr".
Arnfried nimmt sogleich Eva-Marie in die kräftigen
Arme und küsst ihre Wange, aber ihr Kopf rutscht,
wie zufällig, zur Seite, so das ihr Mund auf den
Mund von Arnfried hinsinkt, zu einem innigen Kuss
sich vereint.

„Arnfried", ruft Arco seinen Sohn zur Ordnung.
Paul-Friedrich winkt ab.
„Lasst Schmied, wir wollen wissen, was es mit der
Grabschrift auf sich hat".
Verlegen wischt Arnfried die schmutzigen Hände an
die Lederschürze ab und nimmt Eva-Marie zum
Amboss und berichtet:
„Ein Bote überbrachte uns eine Nachricht vom
Grafen von Borsydoy, er bestellte Vater zu sich, um
einen Auftrag zu bestellen.
Vater war damals krank, also bin ich zu ihnen
gelaufen. Zwei Tagesmärsche weit.
Dort traf ich zuerst in der Gesindeküche ein.
Eine Magd stand am Herd, die anderen arbeiteten
am Tisch. Die rundliche Köchin trat auf mich zu,

fragte unfreundlich nach meinem Ansinnen und wollte mich sogleich wieder fortschicken.

Erst als ich die Ladung vom Baron erwähnt habe, um einen Auftrag von seiner Hoheit entgegen zu nehmen, da wurde sie sehr freundlich, und bot mir Speisen und Getränke an und setzte mich an den Tisch zu den Mägden.

Eine Magd kam alsbald mit einem großen Becher zurück. Ich muss Euch sagen, so Köstliches habe ich noch nie getrunken.

Dann erschien eine gut gekleidete, ältere Dame in der Küche. Eine feine Ausstrahlung umgab sie.

Sie stellte sich als Cecilie, Hausdame der Baronin, vor. Erkundigte sich nach meinem Begehr.

Ich wiederholte die Bitten der Barone zu dem Auftrag.

Die Familie von Borsydoy würde mich bereits im Salon erwarten, und sie führte mich zu ihnen.

Im Salon stand inmitten eine Tafel, geschaffen für große Gesellschaften,

In der Ecke saßen zwei Personen, die Barone.

Freundlich forderte der Baron mich auf, näher zu treten und Platz bei ihnen zu nehmen.

Sie hatten Arco erwartet und waren von meinem Kommen überrascht, auch, dass es länger gedauert hat. Ich erklärte beiden, der Vater sei krank und ich sei zu Fuß gekommen.

Nach einem kleinen Essen, faltete er ein Papier auf und schob es mir zu.

In makelloser Frakturschrift war geschrieben,

ELENA, von Borsydoy

Und kleiner darunter,
Unvergessen, Deine Eltern.

Beide schauten mir aufmerksam ins Gesicht.
Sie ließen mir Zeit zum Überlegen.
Dann seine Aufforderung, ob wir Schmiede ein
eisengeschmiedetes Schild an dem Grabstein ihrer
Tochter anbringen können? In dieser Schrift.
Der Baron legte einen Geldbeutel und die
Niederschrift auf den Tisch.
In ihren Augen las ich die Bitte, den Auftrag
anzunehmen.
Ich überlegte nur kurz, sagte ja, wir können das
Tun, aber nur unentgeltlich, da die Fürstin Elena im
Volk sehr beliebt war.

Der Baron niederlegte den Beutel in meine Hände,
hielt beides fest und schaute mich an.
Richtet Euch die Schmiede damit aus, man benötigt
im Handwerk immer Werkzeuge, so waren seine
Worte.
Die Baronin wischte mit einem Tüchlein über die
Augen und bedeutete, dass es ihnen sehr am
Herzen liege.

Die Nacht schlief ich herrlich, bis Cecilie mich
weckte, Reiter und Pferd würden mich erwarten.
Auch sie wirkte seltsam berührt. Der Ledersack mit
Essen war schwer und gut gefüllt, als die Köchin ihn
mir in den Sattel reichte.

In der Schmiede machte ich mich sogleich ans
Werk, da Vater noch länger krank war.

Die Arbeit habt ihr gesehen, sie ging mir leicht von der Hand".
Paul-Friedrich legte die Hand auf die Schulter. „Ich danke dir für die Arbeit".
Beherzt erhascht Eva-Marie Arnfrieds Arm.
„Ich möchte deine Arbeit noch mal sehen, zeig mir bitte das Schild auf dem Grabstein", und sie laufen aus der Schmiede über das Pflaster der Dorfstrasse zum Friedhof.
Kopfschüttelnd lächeln einige Dörfler den zwei Verliebten nach.
Arco ruft noch nach, „Du trägst noch die Lederschürze", aber sie hören ihn nicht mehr, sind blind vor Liebe.

Im Schloss besprechen Paul-Ludowig, Lehrer Wilhelm und einige Bürger, im Salon die Zukunft des Dorfes.
Mit einem Knall öffnet sich ein Flügel der Tür und eine Wache ruft in den Salon: „Euer Gnaden, ich…", weiter kommt er nicht zum Sprechen, denn Arnfried mit Eva-Marie stürmen atemlos hinein.

Beide Verliebte bleiben vor Fürst Paul-Ludowig stehen.
„Euer Hochwohlgeboren, ich bitte Euch um Heiratserlaubnis mit Eva-Marie".
„Was bittet Ihr mich um Erlaubnis, lächelt er, „ich bin nicht Euer Vater. Fragt Ihn um Heiratserlaubnis, ich habe damit nichts zu schaffen. Aber wir wünschen Euch viel Glück".

Die Anwesenden umringen das Paar und sprechen Glückwünsche aus.
Die Eltern sind nachgekommen, haben die Bitte noch gehört.
Paul-Friedrich zupft an Evas Ärmel.
„Mir fehlen die Worte, aber mir scheint, du wusstest, dass sich etwas anbahnt, liebe Frau".
„Frauen fühlen und sehen, wenn ein Mädchen verliebt ist. Viel früher als Männer".
„Wir haben nun eine Schmiedin", schmunzelt Paul-Ludowig zufrieden.

„Man weiß nie, was das Schicksal mit uns vorhat, vielleicht, eines Tages"...... und lässt den Satz unvollendet.

Epilog

Eine Dynastie ist nun begründet worden.
Entstanden durch die unglückliche Liebe von
Katharina-Eleonore zu Paul-Friedrich.
Das Schicksal meinte es dann besser.
Der Unstern verschwand durch das Leben der
beiden Liebenden, Eva-Marie und Arnfried.
Sie führten mit Paul-Ludowig, zum Wohle des
Volkes, eine einträchtige Gestaltung des Lebens auf
Cottlitz ein. Die auch die nachfolgenden
Generationen beeinflusste.

Besuche, der von Borsydoy ins Schloss und zum
Grab Eleas, wurden nun recht häufig.
Neben ihnen suchen Paul-Friedrich und Eva,
Fürst Paul-Ludowig und andere, die Grabstelle oft
auf.
Sie liegt am Hang unterhalb des Schlosses, auf
dem dörflichen Friedhof.
Der Grabstein von Elea ragte noch für lange Zeit,
für die Nachfolgenden sichtbar, über die anderen
Grabstellen.
Unweit ist auch Johanna von Marnim beerdigt
worden.
Nach und nach finden alle Beteiligten dort die letzte
Ruhestätte.

Die Cottlitz Familie liegt abseits, kalt in ihrer Gruft
der Schlosskapelle, nur dürftig geschmückt......

Vom Autor bereits erschienen

Jugendbücher:

Die Schmurggelbeere.
Professor Pulin und Lorin.

Als Sammelband:

Katastrophe in der Galaxie.
Der kopflose Baron Gampell.
Der Prinz der nicht Freien will und mit
Gefahr in den Bergen.

Wildwasser:
Krimi ohne Mord, aber mit zwei Opfern.
.
Episoden:
Beobachtungen und Erleben im Alltag.

Historisches Zeitgeschehen, Roman:
So weht der Wind der Geschichte über die
Epochen.

Wie bei allen meinen Büchern, gilt mein Dank
Horst Fink für seine Korrekturen und die
Anregungen.

Björn Jilg, für die Einrichtung des Druckes und,
natürlich, beiden für die fruchtbare
Zusammenarbeit.

Impressum:

Herstellung und Verlag:

BoD - Books on Demand, Norderstedt

ISBN:

9 783746 012421